감자

지은이 김동인

한국 근대 소설의 선구자.
심리주의 문학의 선구자로 평가받고 있다. 그는 자신의 경험과 심리적 탐구를 작품에 많이 반영하며, 인간의 복잡한 심리와 사회적 문제를 예리하게 분석하는 작가로 알려져 있다.
대표작으로는 「감자」, 「광화사」, 「발가락이 닮았다」, 「태형」, 「배따라기」 등이 있다.

현대문학 짧은 이야기 5
감자

초판 1쇄 발행 2024년 8월 30일

지은이 김동인
펴낸이 백광석
펴낸곳 다온길

출판등록 2018년 10월 23일 제2018-000064호
전자우편 baik73@gmail.com

ISBN 979-11-6508-602-2 (03810)

현대문학 짧은 이야기 5

감자

김동인 지음

다온길

서문

김동인의 소설이다.

짧은 이야기들을 모아 한 권의 책으로 내게 되었다.

김동인은 한국 근대 소설의 선구자로, 심리주의적 소설로 유명한 작가다. 그의 작품은 자신의 경험과 심리적 탐구가 많이 반영되어 있으며, 인간의 복잡한 심리와 사회적 문제를 예리하게 분석한다. 김동인의 작품들은 한국 문학사에서 중요한 위치를 차지하고 있다. 「감자」는 김동인의 대표적인 단편 소설로, 가난과 인간의 본성을 다룬다. 이 작품은 사실주의 문학의 전형으로 평가받으며, 가난한 농촌 여성의 비극적인 삶을 그린다.

김동인의 소설은 한국 근대문학의 성격을 현대문학으로 전환시키는 데 기여하였으며, 그의 작품은 심리주의 문학의 새로운 지평을 열었다고 평가받는다. 그의 소설은 현실의 어두운 면과 인간의 비극을 날카롭게 묘사하며, 독자들에게 깊은 인상을 남긴다. 김동인의 작품에는 사회적 부조리와 인간의 고통을 직시하는 요소들이 많이 등장한다.

개화기를 분수령으로 고전문학과 현대문학으로 나누어진다.

현대 문학은 개인에 대한 집중, 마음의 내적 작용에 대한 관심, 전통적인 문학적 형태와 구조에 대해 거부하며 작가들은 정체성, 소외, 인간의 조건과 같은 복잡한 주제와 아이디어를 탐구하는 게 특징이다.

'역사를 잊은 민족에게는 미래는 없다'는 말이 있듯, 과거의 현대문학을 보면 오늘을 살아가는 우리의 모습이 투영된다.

차례 ─────────────────────────

1장
광화사

인왕(仁王).

바위 위에 잔솔이 서고 아래는 이끼가 빛을 자랑한다.

굽어보니 바위 아래는 몇 포기 난초가 노란 꽃을 벌리고 있다. 바위에 부딪치는 잔바람에 너울거리는 난초잎.

여(余)는 허리를 굽히고 스틱으로 아래를 휘저어 보았다. 그러나 아직 난초에서는 사오 척의 거리가 있다. 눈을 옮기면 계곡.

전면이 소나무의 잎으로 덮인 계곡이다. 틈틈이는 철색(鐵色)의 바위도 보이기도 하나 나무 밑의 땅은 볼 길이 없다. 만약 그 자리에 한 번 넘어지면 소나무의 잎

위로 굴러서 저편 어디인지 모를 골짜기까지 떨어질 듯 하다.

여의 등뒤에도 이십삼 장이 넘는 바위다. 그 바위에 올라서면 무학(舞鶴)재로 통한 커다란 골짜기가 나타날 것이다. 여의 발 아래도 장여(丈餘)의 바위다.

아래는 몇 포기 난초, 또 그 아래는 두세 그루의 잔 솔, 잔솔 넘어서는 또 바위, 바위 위에는 도라지꽃. 그 바위 아래로부터는 가파로운 계곡이다.

그 계곡이 끝나는 곳에는 소나무 위로 비로소 경성 시가의 한편 모퉁이가 보인다. 길에는 자동차의 왕래도 가막하게 보이기는 한다. 여전한 분요와 소란의 세계는 그곳에 역시 전개 되어 있기는 할 것이다.

그러나 여가 지금 서 있는 곳은 심산이다. 심산이 가 지어야 할 온갖 조건을 구비하였다.

바람이 있고 암굴이 있고 산초산화가 있고 계곡이 있고 생물이 있고 절벽이 있고 난송(亂松)이 있고, 말하자면 심산이 가져야 할 유수미(幽邃味)를 다 구비하였다.

본시는 이 도회는 심산 중의 한 계곡이었다. 그것을 오백 년간을 닦고 갈고 지어서 오늘날의 경성부를 이룬 것이다.

이러한 협곡에 국도(國都)를 창건한 이태조의 본의가 어디 있었는지는 알 길이 없다. 그러나 오늘날의 한 산보객의 자리에서 보자면 서울은 세계에 유례가 없는 미도(美都)일 것이다.

도회에 거주하며 식후의 산보로서 푸대님채로 이러한 유수한 심산에 들어갈 수 있다는 점으로 보아서 서울에 비길 도회가 세계에 어디 다시 있으랴.

회흑색(灰黑色)의 지붕 아래 고요히 누워 있는 오백 년의 도시를 눈 아래 굽어보는 여의 사위에는 온갖 고산 식물이 난성(亂盛)하고, 계곡에 흐르는 물 소리와 눈 아래 날아드는 기조(奇鳥)들은 완연히 여로 하여금 등산객의 정취를 느끼게 한다.

여는 스틱을 바위 틈에 꽂아 놓았다. 그리고 굴러 떨어지기를 면키 위하여 바위와 잔솔의 새에 자리잡고 비스듬히 앉았다. 담배를 피우고 싶었으나 잠시의 산보로 여기고 담배도 안가지고 나온 발이 더듬더듬 여기까지 미쳤으므로 담배도 없다.

시야(視野)의 한편에는 이삼 장(丈)의 바위, 다른 한편에는 푸르른 하늘, 그 끝으로는 솔잎이 서너 개 어렴풋이 보인다. 그윽이 코로 몰려 들어오는 송진 내음새. 소나무에 불리는 바람 소리.

유수키 짝이 없다. 여가 지금 앉아 있는 자리는 개벽 이래로 과연 몇 사람이나 밟아 보았을 까. 이 바위 생긴 이래로 혹은 여가 맨처음 발 대어 본 것이 아닐까. 아까 바위를 기어서 이곳까지 올라오느라고 애쓰던 그런 맹랑한 노력을 하여 본 바보가 여 이외에 몇 사람이나 있었을까. 그런 모험을 맛보기 위하여 심산을 찾는 용사는 많을 것이로되 결사적 인왕 등산을 한 사람은 그리 많으리라고 생각되지 않는다.

등뒤 바위에는 암굴이 있다.
배암이라도 있을까 무서워서 들어가 보지는 않았지만 스틱으로 휘저어 본 결과로 두세 사람은 넉넉히 들어가 앉아 있음직하다.

이 암굴은 무엇에 이용할 수가 없을까.

음모(陰謀)의 도시 한양은 그새 오백 년간 별별 음흉한 사건이 연출되었다. 시가 끝에서 반시간 미만에 넉넉히 올 수 있는 이런 가까운 거리에 뚫린 암굴은, 있는 줄 알기만 하였으면 혹은 음모에 이용되지 않았을까.

공상!

유수한 맛에 젖어 있던 여는 이 암굴 때문에 차차 불쾌한 공상에 빠지기 시작하려 한다.

온갖 음모, 그 뒤를 잇는 살육, 모함, 방축, 이조 오백 년간의 추악한 모양이 여로 하여금 불쾌한 공상에 빠지게 하려 한다.

여는 황망히 이런 불쾌한 공상에서 벗어나려고 또 주머니에 담배를 뒤적이었다. 그러나 담배는 여전히 있을 까닭이 없었다.

다시 눈을 들어서 안하를 굽어보면 일면에 깔린 송초(松梢)!

반짝!

보매 한 줄기의 샘이다. 소나무 틈으로 보이는 그 샘은 아마 바위 틈을 흐르는 샘물인 듯.

똘똘똘똘 들리는 것은 아마 바람 소리겠지. 저렇듯 멀리 아래 있는 샘의 소리가 이곳까지 들릴 리가 없다.

샘물!

저 샘물을 두고 한 개 이야기를 꾸미어 볼 수가 없을까. 흐르는 모양도 아름답거니와 흐르는 소리도 아름답고 그 맛도 아름다운 샘물을 두고 한 개 재미있는 이야기가 여의 머리에 생겨나지 않을까. 암굴을 두고 생겨나려던 음모 살육의 불쾌한 공상보다 좀더 아름다운 다른 이야기가 꾸미어지지 않을까.

여는 바위 틈에 꽂았던 스틱을 도로 뽑았다. 그 스틱으로써 여의 발 아래 바위를 가볍게 두드리면서 한 개 이야기를 꾸미어 보았다.

한 화공(畵工)이 있다.

화공의 이름은? 지어내기가 귀찮으니 신라 때의 화성(畵聖)의 이름을 차용(借用)하여 솔거(率居)라 하여 두자.

시대는?

시대는 이 안하에 보이는 도시가 가장 활기 있고 아름답던 시절인 세종 성주의 대쯤으로 하여 둘까.

백악이 흘러내리다가 맺힌 곳. 거기는 한양의 정기를 한몸에 지닌 경복궁 대궐이 있다. 이대궐의 북문인 신무문(神武門) 밖 우거진 뽕밭 새에 한 중로(中老)의 사나이가 오뇌스런 얼굴을 하고 숨어 있다.

화공 솔거였다.

무르익은 여름 뜨거운 볕은 뽕잎이 가리워 준다 하나 훈훈한 기운은 머리 위 뽕잎과 땅에서 우러나서 꽤 무더운 이 뽕밭 속에 숨어 있는 화공. 자그마한 보따리에는 점심까지 싸가지고 온 것으로 보아서 저녁까지 이곳에 있을 셈인 모양이다.

그러나 무얼 하는지. 단지 땀을 펑펑 흘리며 오뇌스러운 얼굴로 앉아 있을 뿐이다.

왕후친잠(王后親蠶)에 쓰이는 이 뽕밭은 잡인들이

15

다니지 못할 곳이다. 하루 종일을 사람의 그림자 하나 얼 씬하지 않는다.

때때로 바람이 우수수하니 통나무 위로 불기는 하 나 솔거가 숨어 있는 곳에는 한 점의 바람도 들어오지 않는다. 이 무더운 속에 솔거는 바람이 불적마다 몸을 흠칫흠칫 놀라며 그러면서도 무엇을 기다리는 듯이 뽕 나무 그루 아래로 저편 앞을 주시하곤 한다.

이윽이 석양이 무악을 넘고 이 도시도 황혼이 들었다.

날이 어둡기를 기다려서 이 화공은 몸을 숨겨 가지 고 거기서 나왔다.

"오늘은 헛길. 내일이나 다시 볼까."

한숨을 쉬면서 제 오막살이를 찾아 돌아가는 화공. 날이 벌써 꽤 어두웠지만 그래도 아직 저녁 빛이 약간 남은 곳에 내어놓은 이 화공은 세상에 보기 드문 추악 한 얼굴의 주인이었다. 코가 질병자루 같다. 눈이 퉁방울 같다. 귀가 박죽 같다. 입이 나발통 같다. 얼굴이 두꺼비 같다. 소위 추한 얼굴을 형용하는 온갖 형용사를 한 얼 굴에 지닌 흉한 얼굴의 주인으로서 그 얼굴이 또한 굉장

히도 커서 멀리서 볼지라도 그 존재가 완연하리만 하다.

이 얼굴을 가지고는 백주에는 나다니기가 스스로 부끄러울 것이다.

아닌게 아니라 솔거는 철이 든 아래 아직껏 백주에 사람 틈에 나다닌 일이 없었다.

일찍이 열여섯 살에 스승의 중매로써 어떤 양가 처녀와 결혼을 하였지만 그 처녀는 솔거의 얼굴을 보고 기절을 하고 기절에서 깨어나서는 그냥 집으로 도망쳐 버리고, 그 다음에 또 한번 장가를 들어 보았지만 그 색시 역시 첫날 밤만 정신모르고 치른 뒤에는 이튿날은 무서워서 죽어도 같이 못 살겠노라고 부모에게 떼를 써서 두 번째의 비극을 겪고, 이러한 두 가지의 사변을 겪고 난 뒤에는 솔거는 차차 여인이라는 것을 보기를 피하여 오다가 그 괴벽이 점점 자라서 나중에는 일체로 사람이란 것의 얼굴을 대하기가 싫어졌다.

사람을 피하기 위하여 그리고 또한 일방으로는 화도(畫道)에 정진하기 위하여 인가를 떠나서 백악의 숲속에 조그만 오막살이를 하나 틀고 거기 숨은 지 근 삼십 년,

17

생활에 필요한 물건 혹은 그림에 필요한 물건을 구하기 위하여 부득이 거리에 나가야 할 필요가 있을 때는 반드시 밤을 택하였다. 피할 수 없이 낮에 나갈 때는 방립을 쓰고 그 위에 얼굴을 베로 가리었다.

화도에 발을 들여놓은 지 근 사십 년, 부득이한 금욕생활 부득이한 은둔생활을 경영한 지 삼십 년, 여인에게로 소모되지 못한 정력은 머리로 모이고 머리로 모인 정력은 손끝으로 벋어서 종이에 비단에 갈겨 던진 그림이 벌써 수천 점. 처음에는 그 그림에 대하여 아무 불만도 느껴 보지 않았다.

하늘에서 타고난 천분과 스승에게서 얻은 훈련과 저축된 정력의 소산인 한 장의 그림이 생겨날 때마다 그것을 보면서 스스로 만족히 여기고 스스로 자랑스러이 여기던 그였다.

그러나 그런 과정을 밟기 이십 년에 차차 그의 마음에 움돋은 불만, 그것은 어떻게 보자면 화도에는 이단적인 생각일는지도 모를 것이다.

좀 다른 것은 그릴 수가 없는가.

산이다. 바다다. 나무다. 시내다. 지팡이 잡은 노인이다. 다리다. 혹은 돛단배다. 꽃이다. 과즉 달이다. 소다. 목동이다.

이 밖에 그가 아직 그려 본 것이 무엇이었던가.

유원(幽遠)한 맛, 단 한 가지밖에 없는 전통적 그림보다 좀더 다른 것을 그려 보고 싶다. 아직껏 스승에게 배운 바의 백발백념의 노옹이나 피리 부는 목동 이외에 좀더 얼굴에 움직임이 있는 사람을 그려 보고 싶다. 표정이 있는 얼굴을 그려 보고 싶다.

이리하여 재래의 수법을 아낌없이 내어던진 솔거는 그로부터 십 년간을 사람의 표정을 그리느라고 세월을 보냈다.

그러나 사람의 세상을 멀리 떠나서 따로이 사는 이 화공에게는 사람의 표정이 기억에 가맣다.

상인(商人)들의 간특한 얼굴, 행인들이 덜 무표정한 얼굴, 새꾼들의 싱거운 얼굴. 그새 보고 지금도 대할 수 있는 얼굴은 이런 따위뿐이다. 좀더 색채 다른 표정은 없느냐.

색채 다른 표정!
색채 다른 표정!

이 욕망이 화공의 마음에 익고 커가는 동안 화공의
머리에 솟아오르는 몽롱한 기억이 있다.

이 화공의 어머니의 표정이다.

지금은 거의 그의 기억에서 사라졌지만 어린 시절에
자기를 품에 안고 눈물 글썽글썽한 눈으로 굽어보던 어
머니의 표정이 가끔 한순간씩 그의 기억의 표면까지 뛰
쳐 올랐다.

그의 어머니는 희세의 미녀였다. 대대로 이후의 자
손의 미까지 모두 미리 빼앗았던지 세상에 드문 미인이
었다.

화공은 이 미녀의 유복자였다.

아비 없는 자식을 가슴에 붙안고 눈물 머금은 눈으
로 굽어보던 표정.

철이 든 이래로 자기를 보는 얼굴에서는 모두 경악
과 공포밖에는 발견하지 못한 이 화공에게는 사십여 년
전의 어머니의 사랑의 아름다운 얼굴이 때때로 몸서리치

도록 그리웠다.

그것을 그려 보고 싶었다.

커다란 눈에 그득히 담긴 눈물. 그러면서도 동경과 애무로서 빛나던 눈. 입가에 떠오르던 미소.

번개와 같이 순간적으로 심안(心眼)에 나타났다가는 사라지는 이 환영을 화공은 그려 보고 싶었다.

세상을 피하고 세상에서 숨어 살기 때문에 차차 비뚤어진 이 화공의 괴벽한 마음에는 세상을 그리는 정열이 또한 그만치 컸다. 그리고 그것이 크면 크니만치 마음 속으로 늘 울분과 분만이 차 있었다.

지금도 세상에서는 한창 계집 사내들이 서로 부둥켜 안고 좋다고 야단할 것을 생각하고는 음울한 얼굴로 화필을 뿌리는 화공.

이러한 가운데서 나날이 괴벽하여 가는 이 화공은 한 개 미녀상(美女像)을 그려 보고자 노심하였다.

처음에는 단지 아름다운 표정을 가진 미녀를 그려 보고자 하였다.

그러나 미녀를 가까이 본 일이 없는 이 화공이 마음 대로 되지 않는 붓끝에 역정을 내며 애쓰는 동안 차차 어느덧 미녀상에 대한 관념이 달라 갔다.

자기의 아내로서의 미녀상을 그려 보고 싶어졌다.

세상은 자기에게 아내를 주지 않는다.

보면 한 마리의 곤충 한 마리의 날짐승도 각기 짝을 찾아 즐기고 짝을 찾아 좋아하거늘 만물의 영장인 사람이 짝 없이 오십 년을 보냈다 하는 데 대한 분만이 일어났다.

세상놈들은 자기에게 한 짝을 주지 않고 세상 계집들은 자기에게 오려는 자가 없이 홀몸으로 일생을 보내다가 언제 죽는지도 모르게 이 산골에서 죽어 버릴 생각을 하면 한심하기보다 도리어 이렇듯 박정한 사람의 세상이 미웠다.

세상이 주지 않는 아내를 자기는 자기의 붓끝으로 만들어서 세상을 비웃어 주리라.

이 세상에 존재한 가장 아름다운 계집보다도 더 아

름다운 계집을 자기 붓끝으로 그리어서 못나고도 아름다운 체하는 세상 계집들을 웃어 주리라.

덜난 계집을 아내로 맞아 가지고 천하의 절색이라 믿고 있는 사내놈들도 깔보아 주리라.

사오 명의 처첩을 거느리고 좋다구나고 춤추는 헌 놈들도 굽어보아 주리라.

미녀! 미녀!

눈을 감고 생각하고 눈을 뜨고 생각하고 머리를 움켜쥐고 생각해 보나 미녀의 얼굴이 어떤것인지 알 수가 없었다.

무론 얼굴에 철요가 없고 이목구비가 제대로 놓였으면 세상 보통의 미인이라 한다. 그런 얼굴에 연지나 그리고 눈에 미소나 그려 놓으면 더 아름다워지기는 할 것이다. 이만 것은 상상의 눈으로도 볼 수가 있는 자며 붓끝으로 그릴 수도 없는 바가 아니다.

그러나 감한 어린 시절의 어머니의 얼굴을 순영적(瞬影的)으로나마 기억하는 이 화공으로 서는 그런 미녀로는 만족할 수가 없었다.

오뇌와 분만 중에서 흐르는 세월은 일년 또 일년 무위히 흘러간다.

미녀의 아랫동이는 그려진 지 벌써 수 년. 그 아랫동이 위에 올려 놓일 얼굴은 어떻게 하여얄지 짐작도 가지 않았다.

화공의 오막살이 방 안에 들어서면 맞은편에 걸려 있는 한 폭 그림은 언제든 어서 목과 얼굴을 그려 주기를 기다리듯이 화공을 힐책한다.

화공은 이것을 보기가 거북하였다.

특별한 일이라도 있기 전에는 낮에 거리에 다니지를 않던 이 화공이 흔히 얼굴을 싸매고 장안을 돌아다녔다.

행여나 길에서라도 미녀를 만날까 하는 요행심으로였다. 길에서 순간적으로라도 마음에 드는 미녀를 볼 수만 있으면 그것을 머리에 똑똑히 캐치하여 그 기억으로써 화상을 그릴까하는 요행심으로.

그러나 내외법이 심한 이 도회에서 대낮에 양가의 부녀가 얼굴을 내놓고 길을 다니지 않았다. 계집이라는 것은 하인배나 하류배뿐이었다.

　하인배 하류배에도 때때로 미녀라 일컬을 자가 있기는 있었다. 그러나 아무리 산뜻한 미를 갖기는 했다 하나 얼굴에 흐르는 표정이 더럽고 비열하여 캐치할 만한 자가 없었다.

　얼굴을 싸매고 거리로 방황하며 혹은 계집들이 많이 모이는 우물가며 저자를 비슬비슬 방황하며 어찌어찌하여 약간 이쁜 듯한 계집이라도 보이면 따라가면서 얼굴을 연구해 보고했으나 마음에 드는 미녀를 지금껏 얻어 내지를 못하였다.

　혹은 심규(深閨)에는 마음에 드는 계집이라도 있을까. 심규! 심규! 한번 심규의 계집들을 모조리 눈앞에 벌여 세우고 얼굴 검사를 하여 보았으면.

　초조하고 성가신 가운데서 날을 보내고 날을 맞으면서 미녀를 구하던 화공은 마지막 수단으로 친잠상원(親蠶桑園)에 들어가서 채상(採桑)하는 궁녀의 얼굴을 얻어 보려 하였다. 그러나 불행히도 화공의 모험도 헛길로 돌아가고 그날은 채상을 하러 오지도 않았다.

그러나 때 바야흐로 누에 시절이라 길만성 있게 기다리노라면 궁녀의 오는 날도 있을 것이다. 미녀, 아내의 얼굴을 그리려는 욕망에 열이 오르고 독이 난 이 화공은 그 이튿날도 또 뽕밭에 들어가 숨었다. 숨어 기다리지 않을 수가 없었다.

그로부터 한 달, 화공은 나날이 점심을 싸가지고 상원으로 갔다. 그러나 저녁때 제 오막살이로 돌아올 때는 언제든 그의 입에서는 기다란 탄식성이 나왔다.

궁녀를 못 본 바가 아니었다.

마치 여기 숨어 있는 화공에게 선보이려는 듯이 나날이 궁녀들은 벌갈아 왔다. 한 떼씩 밀려와서는 옷소매 치맛자락을 펄럭이며 뽕을 따갔다. 한 달 동안에 합계 사오십 명의 궁녀를 보았다.

모두 일률로 미녀들이었다. 그리고 길가 우물가에서 허투루 볼 수 있는 미녀들보다 고아(高雅)한 얼굴에는 틀림이 없었다.

그러나 그 눈. 화공의 보는 바는 눈이었다.

그 눈에 나타난 애무와 동경이었다. 철철 넘어 흐르

는 사랑이었다. 그것이 궁녀에게는 없었다. 말하자면 세상 보통의 미녀였다.

자기에게 계집을 주지 않는 고약한 세상에게 보복하는 의미로 절세의 미녀를 차지하고자 하는 이 화공의 커다란 야심으로서는 그만 따위의 미녀로 만족할 수가 없었다.

오막살이로 돌아올 때마다 그의 입에서 나오는 기다란 한숨, 이런 한숨을 쉬기 한 달. 그는 다시 상원에 가지 않았다.

가을 하늘 맑고 푸르른 어떤 날이었다.

마음속에 분만과 동경을 가득히 담은 이 화공은 저녁 쌀을 씻으러 소쿠리를 옆에 끼고 시내로 더듬어 갔다.

가다가 문득 발을 멈추었다.

우거진 소나무 틈으로 보이는 시냇가 바위 위에 웬 처녀가 하나 앉아 있다. 솔가지 틈으로 내리 비추이는 얼럭지는 석양을 받고 망연히 앉아서 흐르는 시냇물을 내려다보고 있다.

웬 처녀일까.

인가에서 꽤 떨어진 이곳. 사람의 동리보다 꽤 높은 이곳. 길도 없는 이곳. 아직껏 삼십 년간을 때때로 초부나 목동의 방문은 받아 본 일이 있지만 다른 사람의 자취를 받아 보지 못한 이곳에 웬 처녀일까.

화공도 망연히 서서 바라보았다. 바라볼 동안 가슴에 차차 무거운 긴장을 느꼈다.

한 걸음 두 걸음 화공은 발소리를 감추고 나아갔다. 차차 그 상거가 가까워 감을 따라서 분명하여 가는 처녀의 얼굴.

화공의 얼굴에는 피가 떠올랐다.

세상에 드문 미녀였다. 나이는 열일여덟. 그 얼굴 생김이 아름답다기보다 얼굴 전면에 나타난 표정이 놀랄 만치 아름다웠다.

흐르는 시내에 눈을 부었는지 귀을 기울였는지 하여 간 처녀의 온 주의력은 시내에 모여 있다. 커다랗게 뜨인 눈은 깜박일 줄도 잊은 듯이 황홀한 눈으로 시내를 굽어보고 있다.

남벽(藍碧)의 시냇물에는 용궁(龍宮)이 보이는가. 소나무 그루에 부딪쳐서 튀어나는 바람에 앞머리를 약간 날리면서 처녀가 굽어보고 있는 것은 무엇인가.

처녀의 공상과 정열과 환희가 한꺼번에 모인 절묘한 미소를 눈과 입에 띠고 일심불란히 처녀가 굽어보는 것은 무엇인가.

아아.

화공은 드디어 발견하였다. 그새 십 년간을 여항의 길거리에서 혹은 우물가에서 내지는 친잠 상원에서 발견하여 보려고 애쓰다가 종내 달하지 못한 놀랄 만한 아름다운 표정을 화공은 뜻 안 한 여기서 발견하였다.

화공은 걸음을 빨리하였다. 자기의 얼굴이 얼마나 더럽게 생겼는지 이 처녀가 자기를 쳐다보면 얼마나 놀랄지 이 점을 온전히 잊고 걸음을 빨리하여 처녀의 쪽으로 갔다.

처녀는 화공의 발소리에 머리를 번쩍 들었다. 화공을 바라보았다. 그 무한히 먼 곳을 바라 보는 듯한 기묘한 눈을 들어서.

"아."

가슴이 무득하여 무슨 말을 하여야 할지 망설이며 화공이 반벙어리 같은 소리를 할 때에 처녀가 먼저 입을 열었다.

"여기가 어디오니까."

여기가 어디?

"여기는 인왕산록 이름도 없는 곳이지만 너는 웬 색시냐?"
"네."

문득 떠오르는 적적한 표정.

"더듬더듬 시내를 따라 왔습니다."

화공은 머리를 기울였다. 몸을 움직여 보았다. 무한히 먼 곳을 바라보는 듯한 처녀의 눈은 그냥 움직임 없이 커다랗게 뜨여 있기는 하지만 어디를 보는지 무엇을 보는지 알 수가 없다. 드디어 화공은 부르짖었다.

"너 앞이 보이느냐?"
"소경이올시다."

소경이었다. 눈물 머금은 소리로 하는 이 대답을 듣고 화공은 좀더 가까이 갔다.

"앞도 못 보면서 어떻게 무얼 하려 예까지 왔느냐?"

처녀는 머리를 폭 수그렸다. 무슨 대답을 하는 듯하였으나 화공은 알아듣지 못하였다. 그러나 화공으로 하여금 적이 호기심을 잃게 한 것은 처녀의 얼굴에 아까와 같은 놀라운 매력있는 표정이 없어진 것이었다.
그만하면 보기 드문 미인임에는 틀림이 없다. 그러나 아까 화공이 그렇듯 놀란 것은 단지 미인인 탓이 아니었다. 그 얼굴에 나타난 놀라운 매력에 끄을린 것이었다.

"불쌍도 허지. 저녁도 가까워 오는데 어둡기 전에 집

으로 내려가거라."

이만치 하여 화공은 처녀를 포기하려 하였다. 이 말
에 처녀가 응하였다.

"어두운 것은 탓하지 않습니다마는 황혼이 매우 아
름답다지요?"

"그럼. 아름답구 말구."

"어떻게 아름답습니까."

"황금빛이 서산에서 줄기줄기 비추이는구나. 거기
새빨갛게 물든 천하. 푸르른 소나무도 남빛 바위도 검붉
은 나무그루도 모두 황금빛에 잠겨서."

"황금빛은 어떤 것이고 새빨간 빛과 붉은 빛이며 남
빛은 모두 어떤 빛이오니까? 밝은 세상이라지만 밝은 빛
과 붉은 빛이 어떻게 다르십니까? 이 산 경치가 아름답
다는 소문을 듣고 더듬어 왔습니다마는 바람 소리 돌물
소리 귀로 들리는 소리밖에는 어디가 아름다운지 알수
가 없습니다."

차차 다시 나타나는 미묘한 표정. 커다랗게 뜨인 눈

에 비치는 동경의 물결. 일단 사라졌던 아름다운 표정은 다시 생기기 비롯하였다.

화공은 드디어 처녀의 맞은편에 가 앉았다.

"이 샘줄기를 따라 내려가면 바다가 있구 바다 속에는 용궁이 있구나. 칠색 비단을 감은 기둥과 비취를 아로새긴 댓돌이며 황금으로 만든 풍경. 진주로 꾸민 문설주."

마주앉아서 엮어 내리는 이 화공의 이야기에 각일각 더욱 황홀하여 가는 처녀의 눈이었다.

화공은 드디어 이 처녀를 자기의 오막살이로 데리고 돌아갈 궁리를 하였다.

"내 용궁 이야기를 들려주마. 너의 집에서 걱정만 안 하실 것 같으면."

화공이 이렇게 꼬일 때에 처녀는 그의 커다란 눈을 들어서 유원히 하늘을 우러러보면서 자기네 부모는 병신 딸 따위는 없어져도 근심을 안 한다고 쾌히 화공의 뒤를 따랐다.

일사천리로 여기까지 밀려오던 여의 공상은 문득 중단되었다.

이야기를 어떻게 진전시키나?

잡념이 일어난다. 동시에 여의 귀에 들리어 오는 한 절의 유행가.

여는 머리를 들었다. 저편 뒤 어디 잡인들이 온 모양이다. 그 분요가 무의식중에 귀로 들어 와서 여의 집중되었던 머리를 헤쳐 놓는다.

귀찮은 가사(歌師)들이여. 저주받을 가사들이여.

이 저주받을 가사들 때문에 중단된 이야기는 좀체 다시 모이지 않았다.

그러나 결말 없는 이야기가 어디 있으랴. 되었던 결말은 지어야 할 것이 아닌가.

그러면 그 화공은 처녀를 데리고 제 오막살이로 돌아와서 용궁 이야기를 들려주면서 그 동안에 처녀의 얼굴을 그대로 그려서 십 년래의 숙망을 성취하였다는 결말로 맺어 버릴까?

그러나 이런 싱거운 결말이 어디 있으랴? 결말이 되기는 되었지만 이따위 결말을 짓기 위하여 그런 서두는 무의미한 자다.

그러면?

그럼 다르게 결말을 맺어 볼까?

화공은 처녀를 제 오막살이로 데리고 돌아왔다. 그리고 처녀에게 용궁 이야기를 들려주었다. 그러나 아까 용궁 이야기로 초벌 들은 처녀는 이번은 그렇듯 큰 감흥도 느끼지 않는 모양으로 그다지 신통한 표정도 보이지 않았다. 화공의 계획은 수포로 돌아갔다. 화공은 그 그림을 영 미완품 채로 남기지 않을 수 없었다.

역시 마음에 들지 않는 결말이다.

그럼 또 다시 화공은 처녀를 데리고 돌아왔다. 돌아와서 처녀를 보면 볼수록 탐스러워서 그림은 집어던지고 처녀를 아내로 삼아 버렸다. 앞을 못 보는 처녀는 이 추하게 생긴 화공에게도 아무 불만이 없이 일생을 즐겁게 보냈다. 그림으로나 아내를 얻으려던 화공은 절세의 미녀를 아내로 얻게 되었다.

역시 불만이다.

귀찮고 성가시다. 저주받을 유행가사여.

여는 일어났다. 감흥을 잃은 이 자리에 그냥 앉아 있기가 싫었다. 그냥 들리는 유행가. 그것이 안 들리는 곳으로 자리를 옮기자.

굽어보매 저 멀리 소나무 틈으로 한 줄기 번득이는 것은 아까의 샘물이다.

그 샘물로, 가장 이 이야기의 원천이 된 그 샘으로 내려가자.

벼랑을 내려가기는 올라가기보다 더 힘들었다. 올라가는 것은 올라가다가 실수하여 떨어지면 과즉 제자리에 내린다. 그러나 내려가다가 발을 실수하면 어디까지 구을러갈지 예측할 길이 없다. 잘못하다가는 청운동(淸雲洞) 어구까지 구을러 갈는지도 모를 일이다. 게다가 올라갈 때에는 도움이 되던 스틱조차 내려갈 때에는 귀찮기 짝이 없다.

반각이나 걸려서 여는 드디어 그 샘가에 도달하였다. 샘가에는 과연 한 개의 바위가 사람 하나 앉기 좋

을 만한 자리가 있다. 이 바위가 화공이 쌀 씻던 바위일
까. 처녀가 앉아서 공상하던 바위일까. 그 아래를 깊은
남벽으로 알았더니 겨우 한 뼘 미만의 얕은 물로서 바위
위를 기운 없이 뚤뚤 흐르고 있다.

　　그러나 이 골짜기는 고요하기 짝이 없었다. 바람 소
리도 멀리 위에서만 들린다. 그리고 소나무와 바위에 둘
러싸여서 꽤 음침한 이 골짜기는 옛날 세상을 피한 화공
이 즐겨하였음직하다.
　　자, 그러면 이 골짜기에서 아까 그 이야기의 꼬리를
마저 지을까.
　　화공은 처녀를 데리고 오막살이로 돌아왔다.
　　그의 마음은 너무도 긴장되고 또한 기뻐서 저녁도
짓기 싫었다. 들어와 보매 벌써 여러 해를 멀리 달리기를
기다리는 족자의 여인의 몸집조차 흔연히 화공을 맞는
듯하였다.

　　"자, 거기 앉아라."

　　수년간 화공을 힐책하던 머리 없는 그림이 화공의

앞에 펴졌다. 단청도 준비되었다.

터질 듯 울렁거리는 마음으로 폭 앞에 자리를 잡은 화공은 빛이 비추이도록 남향하여 처녀를 앉히고 손으로는 붓을 적시며 이야기를 꺼내었다.

벌써 황혼은 인제 얼마 남지 않은 오늘 해로써 숙망을 달하려 하는 것이었다. 십 년간을 벼르기만 하면서 착수를 못 하기 때문에 저축되었던 화공의 힘은 손으로 모였다.

"그러구. 알겠지?"

눈으로는 처녀의 얼굴을 보며 입으로는 용궁 이야기를 하며 손은 번개같이 붓을 둘렀다.

"용궁에는 여의주(如意珠)라는 구슬이 있구나. 이 여의주라는 구슬은 마음에 있는 바는 다달할 수 있는 보물로서 그 구슬을 네 눈 위에 한번 구을리면 너도 광명한 일월을 보게 된다."

"네? 그런 구슬이 있습니까?"

"있구말구. 네가 내 말을 잘 듣고 있기만 하면 수일

내로 너를 데리고 용궁에 가서 여의주를 빌려서 네 눈도 고쳐 주마."

"그러면 저도 광명한 일월을 볼 수가 있겠습니까."

"그럼. 광명한 일월, 무지개라는 칠색이 영롱한 기묘한 것, 아름다운 수풀, 유수한 골짜기무엇인들 못 보랴."

"아이구, 어서 그 여의주를 구해서."

아아. 놀라운 아름다운 표정이었다. 화공은 처녀의 얼굴에 나타나 넘치는 이 놀라운 표정을 하나도 잃지 않고 화폭 위에 옮겼다.

황혼은 어느덧 밤으로 변하였다. 이때는 그림의 여인에게는 단지 눈동자가 그려지지 않을 뿐 그 밖엣 것은 죄 완성이 되었다.

동자까지 그리고 싶었다. 그러나 이 그림의 생명을 좌우할 눈동자를 그리기에는 날은 너무도 어두웠다.

눈동자 하나쯤이야 밝은 날로 남겨 둔들 어떠랴. 하여간 십 년 숙망을 겨우 달한 화공의 심사는 무엇에 비기지 못하도록 기뻤다.

"아─ 아."

이 탄성은 오래 벼르던 일이 끝난 때에 나는 기쁨의 소리였다.

이 일단의 안심과 함께 화공의 마음에는 또 다른 긴장과 정열이 솟아올랐다.

꽤 어두운 가운데서 처녀의 얼굴을 유심히 보기 위하여 화공이 잡은 자리는 처녀의 무릎과 서로 닿을 만치 가까웠다. 그림에 대한 일단의 안심과 함께 화공의 코로 몰려 들어오는 강렬한 처녀의 체취와 전신으로 느끼는 처녀의 접근 때문에 화공의 신경은 거의 마비될 듯 싶었다. 차차 각일각 몸까지 떨리기 시작하였다. 어두움 가운데서 황홀스러이 빛나는 처녀의 커다란 눈과 정열로 들먹거리는 입술은 화공의 정신까지 혼미하게 하였다.

밝는 날 화공과 소경 처녀의 두 사람은 벌써 남이 아니었다.

"오늘은 동자를 완성시키리라."

삼십 년의 독신생활을 벗어 버린 화공은 삼십 년간을 혼자 먹던 조반을 소경 처녀와 같이 먹고 다시 그림 폭 앞에 앉았다.

"용궁은?"

기쁨으로 빛나는 처녀의 눈.

그러나 화공의 심미안(審美眼)에 비친 그 눈은 어제
의 눈이 아니었다.

아름답기는 다시 없는 아름다운 눈이었다. 그러나
그 눈은 사내의 사랑을 구하는 '여인의 눈'이었다. 병신이
라 수모받던 전생을 벗어 버리고 어젯밤 처음으로 인생
의 봄을 맛본 처녀는 인제는 한 개의 그 지어미의 눈이
요 한 개의 애욕의 눈이었다.

"용궁은?"

"용궁에 어서 가서 여의주를 얻어서 제 눈을 띄어
주세요. 밝은 천지도 천지려니와 당신이어서 눈뜨고 보
고 싶어."

어젯밤 잠자리에서 자기는 스물네 살 난 풍신 좋은
사내라고 자랑한 화공의 말을 그대로 믿는 소경 처녀였다.

"응, 얻어 주지. 그 칠색이 영롱한!"

41

"그 칠색도 어서 보고 싶어요."

"그래그래, 좌우간 지금 머리로 생각해 보란 말이야."

"네, 참 어서 보고 싶어서."

굽어보면 무릎 앞의 그림은 어서 한 점 동자를 찍어 주기를 기다리고 있다.

그러나 소경의 눈에 나타난 것은 아름답기는 아름 다우나 그것은 애욕의 표정에 지나지 못 하였다. 그런 눈을 그리려고 십 년을 고심한 것이 아니었다.

"자, 용궁을 생각해 봐!"

"생각이나 하면 뭘 합니까? 어서 이 눈으로 보아야지."

"생각이라도 해보란 말이야."

"짐작이 가야 생각도 하지요."

"어제 생각하던 대로 생각을 해봐!"

"네."

화공은 드디어 역정을 내었다.

"자 용궁! 용궁!"

"네."

"용궁을 생각해 봐! 그래 용궁이 어때?"

"칠색이 영롱하구요."

"그래 또."

"또 황금 기둥, 아니 비단으로 싼 기둥이 있구요. 또 푸른 진주가!"

"푸른 진주가 아냐! 푸른 비취지."

"비취 추녀던가 문이던가."

"에익! 바보!"

화공은 커다란 양손으로 칵 소경의 어깨를 잡았다. 잡고 흔들었다.

"자 다시 곰곰히. 용궁은."

"용궁은 바닷속에."

겁에 띄어서 어릿거리는 소경의 양에 화공은 손으로 소경의 따귀를 갈기지 않을 수가 없었다.

"바보!"

이런 바보가 어디 있으랴. 보매 그 병신 눈은 깜박일 줄도 모르고 허공을 바라보고 있다.

그 천치 같은 눈을 보매 화공의 노염은 더욱 커졌다. 화공은 양손으로 소경의 멱을 잡았다.

"에이 바보야. 천치야. 병신아."

생각나는 저주의 말을 연하여 퍼부으면서 소경의 멱을 잡고 흔들었다. 그리고 병신다이 멀겋게 뜨인 눈자위에 원망의 빛깔이 나타나는 것을 보고 더욱 힘있게 흔들었다.

흔들다가 화공은 탁 그 손을 놓았다. 소경의 몸이 너무도 무거워졌으므로.

화공의 손에서 놓인 소경의 몸은 손을 뒤솟은 채 번뜻 나가넘어졌다. 넘어지는 서슬에 벼루가 전복되었다. 뒤집어진 벼루에서 튀어난 먹 방울이 소경의 얼굴에 덮였다.

깜짝 놀라서 흔들어 보매 소경은 벌써 이 세상의 사람이 아니었다.

화공은 어찌할 줄을 몰랐다. 망지소조하여 허든거리던 화공은 눈을 뜻없이 자기의 그림 위에 던지다가 소리를 내며 자빠졌다.

그 그림의 얼굴에는 어느덧 동자가 찍히었다. 자빠졌던 화공이 좀 정신을 가다듬어 가지고몸을 겨우 일으켜서 다시 그림을 보매 두 눈에는 완연히 동자가 그려진 것이었다.

그 동자의 모양이 또한 화공으로 하여금 다시 덜석 엉덩이를 붙이게 하였다. 아까 소경 처녀가 화공에게 멱을 잡혔을 때에 그의 얼굴에 나타났던 원망의 눈! 그림의 동자는 완연히 그것이었다.

소경이 넘어지는 서슬에 벼루를 엎는다는 것은 기이할 것도 없고 벼루가 엎어질 때에 먹방울이 튄다는 것도 기이하달 수도 없지만 그 먹 방울이 어떻게 그렇게도 기묘하게 떨어졌을까? 먹이 떨어진 동자로부터 먹물이 번진 홍채에 이르기까지 어찌도 그렇게 기묘하게 되었을까?

한편에는 송장, 한편에는 송장의 화상을 놓고 망연

히 앉아 있는 화공의 몸은 스스로 멈출 수 없이 와들와
들 떨렸다.

수일 후부터 한양성 내에는 괴상한 여인의 화상을
들고 음울한 얼굴로 돌아다니는 늙은 광인(狂人) 하나가
생겼다.

그의 내력을 아는 사람이 없었고 그의 근본을 아는
사람이 없었다. 그 괴상한 화상을 너무도 소중히 여기므
로 사람들이 보고자 하면 그는 기를 써서 보이지 않고
도망하여 버리고 한다.

이렇게 수년간을 방황하다가 어떤 눈보라치는 날 돌
베개를 베고 그의 일생을 마감하였다.

죽을 때도 그는 그 족자는 깊이 품에 품고 죽었다.

늙은 화공이여. 그대의 쓸쓸한 일생을 여는 조상하
노라.

여는 지팡이로써 물을 두어 번 저어 보고 고즈넉이
몸을 일으켰다.

우러러보매 여름의 석양은 벌써 백악 위에로서 춤추
고, 이 천고의 계곡을 산새가 남북으로 건넌다.

2장

감자

싸움, 간통, 살인, 도적, 구걸, 징역 이 세상의 모든 비극과 활극의 근원지인, 칠성문 밖 빈민굴로 오기 전까지는, 복녀의 부처는 (사농공상의 제 2위에 드는) 농민이었었다.

복녀는, 원래 가난은 하나마 정직한 농가에서 규칙 있게 자라난 처녀였었다. 이전 선비의 엄한 규율은 농민으로 떨어지자부터 없어졌다 하나, 그러나 어딘지는 모르지만 딴 농민보다는 좀 똑똑하고 엄한 가율이 그의 집에 그냥 남아 있었다. 그 가운데서 자라난 복녀는 물론 다른 집 처녀들과 같이 여름에는 벌거벗고 개울에서 멱 감고, 바짓바람으로 동리를 돌아다니는 것을 예사로 알기는 알았지만, 그러나 그의 마음속에는 막연하나마 도덕이라는 것에 대한 저픔을 가지고 있었다.

　　그는 열다섯 살 나는 해에 동리 홀아비에게 팔십 원에 팔려서 시집이라는 것을 갔다. 그의 새서방(영감이라는 편이 적당할까)이라는 사람은 그보다 이십 년이나 위로서, 원래 아버지 의 시대에는 상당한 농군으로서 밭도 몇 마지기가 있었으나, 그의 대로 내려오면서는 하나 둘줄기 시작하여서 마지막에 복녀를 산 팔십 원이 그의 마지막 재산이었었다. 그는 극도로 게으른 사람이었었다. 동리 노인들의 주선으로 소작 밭깨나 얻어 주면, 종자만뿌려 둔 뒤에는 후치질도 안 하고 김도 안 매고 그냥 내버려두었다가는, 가을에 가서는 되는 대로 거두어서 '금년은 흉년이네' 하고 전주집에는 가져도 안 가고 자기혼자 먹어 버리고 하였다. 그러니까 그는 한 밭을 이태를 연하여 부쳐 본 일이 없었다. 이리하여 몇 해를 지내는 동안 그는 그 동리에서는 밭을 못 얻으리만큼 인심을 잃고 말았다.

　　복녀가 시집을 간 뒤 한 삼사 년은 장인의 덕택으로이렁저렁 지나갔으나, 이전 선비의 꼬리인 장인은 차차 사위를 밉게 보기 시작하였다. 그들은 처가에까지 신용을 잃게 되었다.

그들 부처는 여러 가지로 의논하다가 하릴없이 평양성 안으로 막벌이로 들어왔다. 그러나 게으른 그에게는 막벌이나마 역시 되지 않았다. 하루 종일 지게를 지고 연광정에 가서 대 동강만 내려다보고 있으니, 어찌 막벌이인들 될까. 한 서너 달 막벌이를 하다가, 그들은 요행 어떤 집 막간(행랑)살이로 들어가게 되었다.

그러나 그 집에서도 얼마 안하여 쫓겨나왔다. 복녀는 부지런히 주인집 일을 보았지만 남편의 게으름은 어찌할 수가 없었다. 매일 복녀는 눈에 칼을 세워 가지고 남편을 채근하였지만, 그의 게으른 버릇은 개를 줄 수는 없었다.

"벳섬 좀 치워 달라우요."
"남 졸음 오는데. 님자치우시관."
"내가 치우나요?"
"이십 년이나 밥 먹구 그걸 못 치워!"
"에이구, 캭 죽구나 말디."

"이년, 뭘."

이러한 싸움이 그치지 않다가, 마침내 그 집에서도 쫓겨나왔다.

이젠 어디로 가나? 그들은 하릴없이 칠성문 밖 빈민 굴로 밀리어 나오게 되었다.

칠성문 밖을 한 부락으로 삼고 그곳에 모여 있는 모든 사람들의 정업은 거라지요, 부업으로는 도적질과 (자기네끼리의) 매음, 그 밖에 이 세상의 모든 무섭고 더러운 죄악이었었다. 복녀도 그 정업으로 나섰다.

*

그러나 열아홉 살의 한창 좋은 나이의 여편네에게 누가 밥인들 잘 줄까.

"젊은 거이 거랑질은 왜."

그런 소리를 들을 때마다 그는 여러 가지 말로, 남편이 병으로 죽어 가거니 어쩌거니 핑계는 대었지만, 그런 핑계에는 단련된 평양 시민의 동정은 역시 살 수가 없었다. 그들은 이 칠성문 밖에서도 가장 가난한 사람 가운데 드는 편이었다. 그 가운데서 잘 수입되는 사람은 하루에 오리짜리 돈뿐으로 일 원 칠팔십 전의 현금을 쥐고 돌아오는 사람까지 있었다. 극단으로 나가서는 밤에 돈벌이 나갔던 사람은 그날 밤 사백여 원을 벌어 가지고 와서 그 근처에서 담배 장사를 시작한 사람까지 있었다.

복녀는 열아홉 살이었었다. 얼굴도 그만하면 빤빤하였다. 그 동리 여인들의 보통 하는 일을 본받아서 그도 돈벌이 좀 잘하는 사람의 집에라도 간간 찾아가면 매일 오륙십 전은 벌수가 있었지만, 선비의 집안에서 자라난 그는 그런 일은 할 수가 없었다.

그들 부처는 역시 가난하게 지냈다. 굶는 일도 흔히 있었다.

*

기자묘 솔밭에 송충이가 끓었다. 그때, 평양 '부'에서는 그 송충이를 잡는 데 (은혜를 베푸는 뜻으로) 칠성문 밖 빈민굴의 여인들을 인부로 쓰게 되었다.

빈민굴 여인들은 모두 다 지원을 하였다. 그러나 뽑

힌 것은 겨우 오십 명쯤이었다. 복녀도 그 뽑힌 사람 가운데 한 사람이었었다.

복녀는 열심으로 송충이를 잡았다. 소나무에 사다리를 놓고 올라가서는, 송충이를 집게로 집어서 약물에 잡아넣고 잡아넣고, 그의 통은 잠깐 새에 차고 하였다. 하루에 삼십이 전씩의 공전이 그의 손에 들어왔다.

그러나 대엿새 하는 동안에 그는 이상한 현상을 하나 발견하였다. 그것은 다른 것이 아니라, 젊은 여인부한 여남은 사람은 언제나 송충이는 안 잡고 아래서 지절거리며 웃고 날뛰기만 하고 있는 것이었다. 뿐만 아니라, 그 놀고 있는 인부의 공전은 일하는 사람의 공전보다 팔전이나 더 많이 내어주는 것이다.

감독은 한 사람뿐이지만 감독도 그들의 놀고 있는 것을 묵인할 뿐 아니라, 때때로는 자기 까지 섞여서 놀고 있었다.

어떤 날 송충이를 잡다가 점심때가 되어서, 나무에서 내려와서 점심을 먹고 다시 올라가려 할 때에 감독이 그를 찾았다.

"복네, 애 복네."

"왜 그릅네까?"

그는 약통과 집게를 놓은 뒤에 돌아섰다.

"좀 오나라."

그는 말없이 감독 앞에 갔다.

"애, 너, 음. 데 뒤 좀 가보디 않갔니?"

"멀 하레요?"

"글쎄, 가야."

"가디요, 형님."

그는 돌아서면서 인부들 모여 있는 데로 고함쳤다.

"형님두 갑세다가레."

"싫다 애. 둘이서 재미나게 가는데, 내가 무슨 맛에
가갔니?"

복녀는 얼굴이 새빨갛게 되면서 감독에게로 돌아섰다.

"가보자."

감독은 저편으로 갔다. 복녀는 머리를 수그리고 따라갔다.

"복네 좋갔구나."

뒤에서 이러한 고함 소리가 들렸다. 복녀의 숙인 얼굴은 더욱 발갛게 되었다. 그날부터 복녀도 '일 안 하고 공전 많이 받는 인부'의 한 사람으로 되었다.

*

복녀의 도덕관 내지 인생관은 그때부터 변하였다.

그는 아직껏 딴 사내와 관계를 한다는 것을 생각하여 본 일도 없었다. 그것은 사람의 일이 아니요 짐승의 하는 짓으로만 알고 있었다. 혹은 그런 일을 하면 탁 죽어지는지도 모를 일로 알았다.

그러나 이런 이상한 일이 어디 다시 있을까. 사람인

자기도 그런 일을 한 것을 보면, 그것은 결코 사람으로 못 할 일이 아니었다. 게다가 일 안 하고도 돈 더 받고, 긴장된 유쾌가 있고, 빌어먹는 것보다 점잖고.

일본말로 하자면 '삼박자(三拍子)' 같은 좋은 일은 이 것뿐이었었다. 이것이야말로 삶의 비결이 아닐까. 뿐만 아니라, 이 일이 있은 뒤부터, 그는 처음으로 한 개 사람이 된 것 같은 자신까지 얻었다.

그 뒤부터는, 그의 얼굴에는 조금씩 분도 바르게 되었다.

*

일년이 지났다.

그의 처세의 비결은 더욱더 순탄히 진척되었다. 그의 부처는 이제는 그리 궁하게 지내지는 않게 되었다.

그의 남편은 이것이 결국 좋은 일이라는 듯이 아랫목에 누워서 벌신벌신 웃고 있었다. 복녀의 얼굴은 더욱 이뻐졌다.

"여보, 아즈바니, 오늘은 얼마나 벌었소?"

복녀는 돈 좀 많이 번 듯한 거라지를 보면 이렇게 찾는다.

"오늘은 많이 못 벌었쉐다."
"얼마?"
"도무지 열서너 냥."
"많이 벌었쉐다가레, 한 댓 냥 꿰주소고래."
"오늘은 내가."

어쩌고어쩌고 하면, 복녀는 곧 뛰어가서 그의 팔에 늘어진다.

"나한테 들킨 댐에는 뀌구야 말아요."
"난 원 이 아즈마니 만나문 야단이더라. 자, 꿰주디. 그 대신 응? 알아 있디?"
"난 몰라요. 해해해해."
"모르문, 안 줄 테야."
"글쎄, 알았대두 그른다."

그의 성격은 이만큼까지 진보되었다.

*

가을이 되었다.

칠성문 밖 빈민굴의 여인들은 가을이 되면 칠성문 밖에 있는 중국인의 채마밭에 감자(고구마)며 배추를 도적질하러 밤에 바구니를 가지고 간다. 복녀도 감자깨나 잘 도적질하여 왔다.

어떤 날 밤, 그는 감자를 한 바구니 잘 도적질하여 가지고, 이젠 돌아오려고 일어설 때에, 그의 뒤에 시꺼먼 그림자가 서서 그를 꽉 붙들었다. 보니, 그것은 그 밭의 소작인인 중국인 왕서방이었었다. 복녀는 말도 못 하고 멀진멀진 발 아래만 내려다보고 있었다.

"우리집에 가."

왕서방은 이렇게 말하였다.

"가재문 가디. 훤, 것두 못 갈까."

복녀는 엉덩이를 한번 홱 두른 뒤에 머리를 젖히고 바구니를 저으면서 왕서방을 따라갔다.

한 시간쯤 뒤에 그는 왕서방의 집에서 나왔다. 그가 밭고랑에서 길로 들어서려 할 때에, 문득 뒤에서 누가 그를 찾았다.

"복네 아니야?"

복녀는 홱 돌아서 보았다. 거기는 자기 곁집 여편네가 바구니를 끼고 어두운 밭고랑을 더 듬더듬 나오고 있었다.

"형님이댔쉐까? 형님두 들어갔댔쉐까?"
"님자두 들어갔댔나?"
"형님은 뉘 집에?"
"나? 눅서방네 집에. 님자는?"
"난 왕서방네. 형님 얼마 받았소?"
"눅서방네 그 깍쟁이놈, 배추 세 페기."
"난 삼 원 받았디."

복녀는 자랑스러운 듯이 대답하였다.

십 분쯤 뒤에 그는 자기 남편과, 그 앞에 돈 삼 원을 내어놓은 뒤에, 아까 그 왕서방의 이야기를 하면서 웃고 있었다.

*

그 뒤부터 왕서방은 무시로 복녀를 찾아왔다.

한참 왕서방이 눈만 멀진멀진 앉아 있으면, 복녀의 남편은 눈치를 채고 밖으로 나간다. 왕서방이 돌아간 뒤에는 그들 부처는, 일 원 혹은 이 원을 가운데 놓고 기뻐하고 하였다. 복녀는 차차 동리 거지들한테 애교를 파는 것을 중지하였다. 왕서방이 분주하여 못 올 때가 있으면 복녀는 스스로 왕서방의 집까지 찾아갈 때도 있었다. 복녀의 부처는 이제 이 빈민굴의 한 부자였었다.

*

그 겨울도 가고 봄이 이르렀다.

그때 왕서방은 돈 백 원으로 어떤 처녀를 하나 마누라로 사오게 되었다.

"흥."

복녀는 다만 코웃음만 쳤다.

"복녀, 강짜하겠구만."

동리 여편네들이 이런 말을 하면, 복녀는 흥 하고 코웃음을 웃고 하였다.

내가 강짜를 해? 그는 늘 힘있게 부인하고 하였다. 그러나 그의 마음에 생기는 검은 그림자 는 어찌할 수가 없었다.

"이놈 왕서방, 네 두고 보자."

왕서방의 색시를 데려오는 날이 가까웠다. 왕서방은 아직껏 자랑하던 기다란 머리를 깎았다. 동시에 그것은 새색시의 의견이라는 소문이 쫙 퍼졌다.

"흥."

복녀는 역시 코웃음만 쳤다.

마침내 색시가 오는 날이 이르렀다. 칠보 단장에 사

인교를 탄 색시가, 칠성문 밖 채마밭 가운데 있는 왕서방의 집에 이르렀다.

밤이 깊도록, 왕서방의 집에는 중국인들이 모여서 별한 악기를 뜯으며 별한 곡조로 노래하며 야단하였다.

복녀는 집 모퉁이에 숨어 서서 눈에 살기를 띠고 방안의 동정을 듣고 있었다.

다른 중국인들은 새벽 두시쯤 하여 돌아갔다. 그 돌아가는 것을 보면서 복녀는 왕서방의 집 안에 들어갔다. 복녀의 얼굴에는 분이 하얗게 발리어 있었다.

신랑신부는 놀라서 그를 쳐다보았다. 그것을 무서운 눈으로 흘겨보면서, 그는 왕서방에게 가서 팔을 잡고 늘어졌다. 그의 입에서는 이상한 웃음이 흘렀다.

"자, 우리집으로 가요."

왕서방은 아무 말도 못 하였다. 눈만 정처없이 두룩두룩하였다. 복녀는 다시 한번 왕서방을 흔들었다.

"자, 어서."
"우리, 오늘 밤 일이 있어 못 가."

"일은 밤중에 무슨 일."

"그래두, 우리 일이."

복녀의 입에 아직껏 떠돌던 이상한 웃음은 문득 없어졌다.

"이까짓 것."

그는 발을 들어서 치장한 신부의 머리를 찼다.

"자, 가자우 가자우."

왕서방은 와들와들 떨었다. 왕서방은 복녀의 손을 뿌리쳤다.

복녀는 쓰러졌다. 그러나 곧 다시 일어섰다. 그가 다시 일어설 때는, 그의 손에는 얼른얼른 하는 낫이 한 자루 들리어 있었다.

"이 되놈, 죽어라, 죽어라, 이놈, 나 때렸디! 이놈아, 아이구, 사람 죽이누나."

그는 목을 놓고 처울면서 낫을 휘둘렀다. 칠성문 밖 외딴 밭 가운데 홀로 서 있는 왕서방의 집에서는 일장의 활극이 일어났다. 그러나 그 활극도 곧 잠잠하게 되었다. 복녀의 손에 들리어 있던 낫은 어느덧 왕서방의 손으로 넘어가고, 복녀는 목으로 피를 쏟으면서 그 자리에 고꾸라져 있었다.

*

복녀의 송장은 사흘이 지나도록 무덤으로 못 갔다. 왕서방은 몇 번을 복녀의 남편을 찾아 갔다. 복녀의 남편도 때때로 왕서방을 찾아갔다. 둘의 새에는 무슨 교섭하는 일이 있었다. 사흘이 지났다.

밤중에 복녀의 시체는 왕서방의 집에서 남편의 집으로 옮겼다.

그리고 그 시체에는 세 사람이 둘러앉았다. 한 사람은 복녀의 남편, 한 사람은 왕서방, 또 한 사람은 어떤 한방 의사. 왕서방은 말없이 돈주머니를 꺼내어, 십 원짜리 지폐 석 장을 복녀의 남편에게 주었다. 한방의의 손에도 십 원짜리 두 장이 갔다.

이튿날 복녀는 뇌일혈로 죽었다는 한방의의 진단으로 공동묘지로 가져갔다.

3장

발가락이 닮았다

노총각 M이 혼약을 하였다.

우리들은 이 소식을 들을 때에 뜻하지 않고 서로 얼굴을 마주보았습니다.

M은 서른두 살이었습니다. 세태가 갑자기 변하면서 혹은 경제문제 때문에, 혹은 적당한 배우자가 발견되지 않기 때문에, 혹은 단지 조혼(早婚)이라 하는 데 대한 반항심 때문에, 늦도록 총각으로 지내는 사람이 많아 가기는 하지만, 서른두 살의 총각은 아무리 생각하여도 좀 너무 늦은 감이 없지 않았습니다. 그래서 그의 친구들은 아직껏 기회가 있을 때마다 그에게 채근 비슷이, 결혼에 대한 주의를 하고 하였습니다. 그러나, M은 언제나 그런 의론을 받을 때마다 (속으로는 매우 흥미를 가진 것이 분명한데) 겉으로는 고소로써 친구들의 말을 거절하고 하였습

니다. 그러던 M이 우리의 모르는 틈에 어느덧 혼약을 한 것이외다.

M은 가난하였습니다. 매우 불안정한 어떤 회사의 월급쟁이였습니다. 이 뿌리 약한 그의 경제상태가 그로 하여금 늙도록 총각으로 지내게 한 듯도 합니다. 그리고 이 때문에 친구들은 M의 총각생활을 애석히 생각하여 장가들기를 권하는 것이었습니다.

그러나 나뿐은 M이 장가를 가지 않는 데 다른 종류의 해석을 내리고 있었습니다. 의사라는 나의 직업이 발견한 M의 육체적의 결함. 이것 때문에 M은 서른이 넘도록 총각으로 지낸다, 나는 이렇게 믿고 있었습니다.

M은, 학생시대부터 대단한 방탕생활을 하였습니다. 방탕이래야 금전상의 여유가 부족한 그는, 가장 하류에 속하는 방탕을 하였습니다. 오십 전 혹은 일 원만 생기면, 즉시로 우동 집이나 유곽으로 달려가던 그였습니다. 체질상, 성욕이 강한 그는, 그 불붙는 성욕을 끄기 위하여 눈앞에 닥치는 기회는 한 번도 놓치지 않았습니다. 친구들을 만날지라도, 음식을 한턱하라기보다 유곽을 한

턱하라는 그였습니다.

  "질(質)로는 모르지만, 양(量)으로는 세계의 누구에게
든 그다지 지지 않을 테다."

  관계한 여인의 수효에 대하여 이렇게 발언하기를
주저치 않으리만치, 그는 선택(選擇)이라는 도정을 밟지
않고 '집어세었'습니다. 스물서너 살에 벌써 이백 명은
넘으리라는 것을 발표하였습니다. 서른 살 때는 벌써 괴
승(怪僧) 신돈(辛旽)이를 멀리 눈 아래로 굽어보았을 것
입니다. 그런지라, 온갖 성병(性病)을 경험하지 못한 것
이 없었습니다. 더구나, 술이 억배요, 그 위에 유달리 성
욕이 강한 그는, 성병에 걸린 동안도 결코 삼가지를 않
았습니다.

  일년 삼백육십여 일 그에게서 성병이 떠나 본 적은
없었습니다. 늘 농이 흐르고, 한 달 건너끔 고환염(睾丸
炎)으로써, 걸음걸이도 거북스러운 꼴을 하여 가지고 나
한테 주사를 맞으러 오고 하였습니다. 그러는 동안에도,
오십 전, 혹은 일 원만 생기면 또한 성행위를 합니다. 이
런지라 무론 그는 생식능력이 없어진 사람이었습니다.

71

이 일을 잘 아는 나는, M이 결혼을 안 하는 이유를 여기다가 연결시켜 가지고, 그의 도덕심(?)에 동정까지 하고 있었습니다. 일생을 빈곤한 가운데서 보내고, 늙은 뒤에도 슬하도 없이 쓸쓸하게 지낼 그, 더구나 자기를 봉양할 슬하가 없기 때문에, 백발이 되도록 제 손으로 이 고해를 헤엄치어 나갈 그는, 과연 한 가련한 존재이겠습니다.

이렇던 M이 어느덧 우리의 모르는 틈에 우물쭈물 혼약을 한 것이외다.

하기는 며칠 전에 이런 일이 있었습니다. 그날 저녁을 먹은 뒤에, 혼자서 신간 치료보고서를 읽고 있을 때에 M이 찾아왔습니다. 그리고 비교적 어두운 얼굴로서, 내가 묻는 이야기에도 그다지 시원치 않은 듯이 입술엣 대답을 억지로 하고 있다가, 이런 질문을 나에게 던졌습니다.

"남자가 매독을 앓으면 생식을 못 하나?"
"괜찮겠지."
"임질은?"
"글쎄, 고환을 오카사레루(침범당하다)하지 않으면 괜

찮어."

"고환은. 내 친구 가운데 고환염을 앓은 사람이 있는데, 인제는 생식을 못 하겠다고 비관이 여간이 아니야. 고환을 오카사레루하면 절대 불가능인가? 양쪽 다 앓았다는데."

"그것도 경하게 앓았으면 영향 없겠지."

"가령 그 경하다 치면, 내가 앓은 게 그게 경한 편일까, 중한 편일까?"

나는 뜻하지 않고 그의 얼굴을 보았습니다. 중하기도 그만치 중하게 앓은 뒤에, 지금 그게 경한 게냐 중한 게냐 묻는 것이 농담으로밖에는 들리지 않았으므로. M의 얼굴은 역시 무겁고 어두웠습니다. 무슨 중대한 선고를 기다리는 사람과 같이 눈을 푹 내리뜨고 나의 대답을 기다리고 있었습니다. 잠시 그의 얼굴을 바라본 뒤에, 나는 어이가 없어서,

"아주 경한 편이지."

이렇게 대답하여 버렸습니다.

"경한 편?"

"그럼."

이리하여 작별을 하였는데, 지금에 이르러 생각하면 그 저녁의 그 문답이 오늘날의 그의 혼약을 이루게 하지 않았는가 합니다.

*

M이 혼약을 하였다는 기보(奇報)를 가지고 온 것은 T라는 친구였습니다. 그때는 마침 (다 M을 아는) 친구가 너덧 사람 모여 있을 때였습니다.

"골동(骨董) 국보 하나 없어졌다."

누가 이런 비평을 가하였습니다. 나는 T에게 이렇게 물었습니다.

"그래 연애로 혼약이 된 셈인가요?"

"연애? 연애가 다 무에요. 갈보 나까이밖에는 여자라는 걸 모르는 녀석이, 어디서 연애의 대상을 구하겠소?"

"그럼 지참금(持參金)이라도 있답디까?"

"지참금이란 뉘 집 애 이름이오?"

나는 여기서 이 혼약에 대하여 가장 불유쾌한 한 면을 보았습니다. 삼십이 넘도록 총각으로 지낸 그로서, 연애라 하는 기묘한 정사 때문에 그 절(節)을 굽혔다면, 그것은 도리어 축하할 일이지 책할 일이 아니외다. 지참금을 바라고 혼약을 하였다 하여도, 지금의 세상에 살아가는 우리로서 (더구나 그의 빈곤을 잘 아는 처지인지라) 크게 욕할 수가 없는 일이외다. 그러나 연애도 아니요, 금전문제도 아닌 이 혼약에서는, 가장 불유쾌한 한가지의 결론 밖에는 얻을 수가 없습니다.

"그럼."

나는 가장 불유쾌한 어조로 이렇게 말하였습니다.

"유곽에 다닐 비용을 경제하기 위하여 마누라를 얻는 셈이구료."

이 혹평(酷評)에 대하여는 T는 마땅치 않다는 듯이 나를 보았습니다.

"그렇게 혹언할 것도 아니겠지요. M도 벌써 서른두 살이든가, 세 살이든가, 좌우간 그만하면 차차로 자식도 무릎에 앉혀 보고 싶을 게고, 그렇다고 마땅한 마누라를 선택할 길이나 방법은 없고."

"자식? 고환염을 그만침이나 심히 앓은 녀석에게 자식? 자식은."

불유쾌하기 때문에 경솔히도 직업적 비밀을 입 밖에 내인 나는 하던 말을 중도에 끊어 버렸습니다. 그러나 이미 한 말까지는 도로 삼킬 수가 없었습니다.

"네? 그게 무슨 말씀이오?"

M의 생식능력에 대하여 사면에서 질문이 들어왔습니다. 이미 한 말에 대하여 책임을 지지 않을 수 없는 나는, 그 말을 돌려 꾸미기에 한참 애를 썼습니다. 단언할 수는 없지만 혹은 M은 생식능력이 없을지도 모른다. 그

러나 진찰을 안 해본 바이니까, 혹은 또한 생식능력이 있을지도 모른다. M이 너무도 싱거운 혼약을 한 데 대하여 불유쾌하여 그런 혹언은 하였지만 그 말은 취소한다. 이러한 뜻으로 꾸며 대었습니다. 그리고 그 좌석에 있던 스무 살쯤난 젊은이가,

"외려 일생을 자식 없이 지내면 편치 않아요?"

이러한 의견을 내이는 데 대하여, '젊은이로서는 도저히 이해할 수 없는 혈속의 애정'이라는 문제와, 그 문제를 너무도 무시하는 이즘의 풍조에 대한 논평으로 말머리를 돌려 버리고 말았습니다.

M은 몰래 결혼식까지 하였습니다. 그의 친구들로서 M의 결혼식의 날짜를 미리 안 사람은 한 사람도 없었습니다. 뿐만 아니라, 지금 모두들 제각기 하는 소위 신식 혼례식을 하지 않고, 제 집에서 구식으로 하였습니다. 모여고보 출신인 신부는 구식 결혼식이 싫다고 하였지만, M이 억지로 한 것이라 합니다.

이리하여 유곽에서는 한 부지런한 손님을 잃어버렸습니다.

*

"독점이라 하는 건 참 유쾌하거든."

결혼한 뒤에 M은 어떤 친구에게 이런 말을 하였다 합니다. 비록 연애로써 성립된 결혼은 아니지만, 그다지 실패의 결혼은 아닌 듯 하였습니다. 오십 전, 혹은 일 원의 돈을 내어던지고 순간적 성욕의 만족을 사던 이 노총 각이, 꿈에도 생각지 못할 독점을 하였으매, 그의 긍지가 작지 않았을 것이외다. 연애결혼은 아니었지만 결혼한 뒤에 연애가 생긴 듯하였습니다. 언제든 음침한 기분이 떠 돌던 그의 얼굴이, 그럴싸해서 그런지 좀 밝아진 듯하였습니다.

"복받거라."

우리들, 더구나 나는 그들의 결혼을 심축하였습니다. 처음에는 한낱 M의 성행위의 기구로 M과 결합게 된 커 다란 희생물인 그의 젊은 아내를 위하여, 이것이 행복된 결혼이 되기를 축수하였습니다. 동기는 여하튼 결과에 있어서 아름다운 열매를 맺어라. 너의 아내로서, 한개 '희생물'이 되지 않게 하여라. 어머니로서의 즐거움을 맛볼 기회가 없는 너의 아내에게, 그 대신 아내로서는 남에게 곱 되는 즐거움을 맛보게 하여라. M의 일을 생각할 때마다 진심으로 이렇게 축수하였습니다.

　신혼의 며칠이 지난 뒤부터는 M이 자기의 젊은 아내를 학대한다는 소문이 조금씩 들렸습니다. 완력을 사용한단 말까지 조금씩 들렸습니다. 그러나, 나는 이 문제는 그다지 크게 생각지 않았습니다. 이런 소문이 귀에 들어 올 때마다, 나는 (아라비안 나이트) 마신(魔神)의 이야기를 머릿속에서 되풀이하여 보고 하였습니다.
　어떤 어부가 그물질을 하고 있었습니다. 그런데 한번 그물을 끄을어 올리니까 거기는 고기는 없고, 그 대신, 병(瓶)이 하나 걸려 있었습니다. 병은 마개가 닫혀 있고, 그 위에 납(鉛)으로 굳게 봉함까지 되어 있었습니다. 어부는 잠시 주저한 뒤에 그 병의 봉함을 뜯고 마개를 뽑아 보았습니다. 즉, 병에서는 한 줄기 검은 연기가 하늘로 올라갔습니다. 그리고 하늘로 올라간 그 연기는 차차 뭉쳐서 거기는 커다란 마신이 나타났습니다.

"나를 이 병 속에 감금한 것은 선지자 솔로몬이다. 이 병 속에 갇혀 있는 동안 나는 스스로 맹서하였다. 백 년 안에 나를 구해 주는 사람이 있으면, 나는 그 사람에게 거대한 부(富)를 주겠다고. 그리고 백 년을 기다렸지만 아무도 나를 구해 주는 사람이 없었다. 그래서 나는 다시 맹서했다. 인제 다시 백 년 안으로 나를 구해 주는 사람이 있으면 나는 그 사람에게 이 세상에 있는 보배를 다 주겠다고. 그리고 헛되이 백 년을 더 기다린 뒤에, 백 년을 더 연기해서 그 백 년 안에 나를 구해 주는 사람이 있으면, 그 사람에게 이 세상에서 가장 큰 권세와 영화를 주겠다고. 그러나 그 백 년이 다 지나도 역시 구해 주는 사람은 없었다.

그래서 나는 마지막으로 다시 맹서했다. 인제 누구든지 나를 구해 주는 놈이 있거든 당장에 그놈을 죽여서 그새 갇혀 있던 그 분풀이를 하겠다고."

이것이 병 속에서 나온 마신의 이야기였습니다. M이 자기의 젊은 아내를 학대한다는 소문이 들릴 때에, 나는 이 이야기를 생각지 않을 수가 없었습니다. 삼십이 지나도록 총각으로 지낸 그 고통과 고적함에 대한 분풀이를 제 아내에게 하는 것이라 했습니다. 그리고, 실컷 학대해라 실컷 학대해라, 더욱 축수하였습니다.

*

M이 결혼한 지 일년이 거의 된 어떤 날 저녁이었습니다. 그와 나는 어떤 곳에서 저녁을 같이 하고 있었습니다.

그의 얼굴은 이날 유난히 어둡고 무거웠습니다. 그는 음식에는 거의 손을 대지 않고 술만 들이켜고 있었습니다. 본시 말이 많지 않은 그가 이날은 더욱 입이 무거웠습니다.

몹시 취하여 더 술을 먹지 못하리만치 되어서, 그는 처음으로 자발적으로 입을 열었습니다. 충혈이 된 그의 눈은 무시무시하게 번득였습니다.

"여보게, 여보게, 속이지 말구 진정으로 말해 주게. 내게 생식능력이 있겠나?"

"글쎄, 검사를 해봐야지."

나는 이만치 하여 넘기려 하였습니다.

"그럼 한번 진찰해 봐주게."

"왜 갑자기."

그는 곧 대답하려 하였습니다. 그러나 나오려던 말을 삼켰습니다. 그리고 다시 술을 한잔 먹은 뒤에 눈을 푹 내려뜨며 말했습니다.

"아니, 다른 게 아니라, 내게 만약 생식능력이 없다면 저 사람(자기의 아내)이 불쌍하지 않나. 그래서, 없는 게 판명되면, 아직 젊었을 때에 헤져서 저 사람이 제 운명을 다시 개척할 '때'를 줘야지 않겠나? 그래서 말일세."

"진찰해 보아야지."

"그럼 언제 해보세."

그 며칠 뒤에 나는 M의 아내가 임신했다는 소문을 듣고 깜짝 놀랐습니다. 검사해 볼 필요도 없습니다. M은 그 능력이 없을 것입니다. 그런데 M의 아내는 임신했습니다.

그리고 며칠 전에 M이 검사하겠다던 마음을 짐작했습니다. 그것은 결코 그날의 제 말마따나 '아내의 장래를 위하여' 하려는 것이 아니고, 아내에게 대한 의혹 때문에 하여 보려는 것일 것이외다. 자기도 온전히 모르는 바는 아니로되, 십중팔구는 자기는 생식불능자일 텐데 자기의 아내는 임신을 한 것이외다.

생각하면 재미있는 연극이외다. 생식능력이 없는 M 은, 그런 기색도 뵈지 않고 결혼을 하였습니다. 그리하여 M에게로 시집을 온 새 아내는 임신을 하였습니다. 제 남편이 생식불능자인 줄을 모르는 아내는, 뻐젓이 자기의 가진 죄의 씨를 M에게 자랑하고 있을 것이외다. 일찍이 자기가 생식불능자인지도 모르겠다는 점을 밝혀 주지 않은 M은, 지금 이 의혹의 구렁텅이에서도 제 아내를 책할 권리가 없을 것이외다. 그가 검사를 하겠다 하나, 검사를 하여서 자기가 불구자인 것이 판명된 뒤에는 어떤 수단을 취할는지 짐작도 할 수가 없습니다. 아내의 음행을 책하자면, 자기의 사기적 행위를 폭로시키지 않을 수가 없을 것이외다.

그것을 감추자면, 제 번민만 더욱 크게 할 것이외다.

어떤 날 그는 검사를 하자고 왔습니다. 그때 마침 환자가 몇 사람 밀려 있던 관계상, 나는 그를 내 사실에 가서 좀 기다리라 하고, 환자 처리를 다 하고 내려 갔습니다. 그랬더니 그는 나를 기다리지 않고 돌아가 버렸습니다.

이튿날 그는 다시 왔습니다. 그러나 그는 또 돌아가 버렸습니다.

나도 사실 어찌하여야 할지 똑똑히 마음을 작정치 못했던 것이외다. 검사한 뒤에 당연히 사멸해 있을 생식 능력을, 살아 있다고 하자니, 그것은 나의 과학적 양심이 허락지 않는 바외다. 그러나 또한 사멸하였다고 하자니, 이것은 한 사람의 일생을 망쳐 버리는 무서운 선고에 다름없습니다. M이라 하는 정당한 남편을 두고도 불의의 쾌락을 취하는 M의 아내는 분명히 책받을 여인이겠지 요. 그러나 또한 다른 편으로 이 사건을 관찰할 때에, 내 가 눈을 꾹 감고 그릇된 검안을 내린다면 그로 인하여, 절대로 불가능하던 M이 슬하에 사랑스런 자식(?)을 두고 거기서 노후의 위안도 얻을 수 있을 것이요, 만사가 원만 히 해결될 것이외다.

내가 자유로 선택할 수 있는 두 가지의 갈랫길에 서 서, 나는 어느 편 길을 취하여야 할지 판단을 주저하고 있었습니다.

이 문제가 사오 일 뒤에 저절로 해결이 되었습니다. 그날도 역시 침울한 얼굴로 찾아온 M에게 대하여 나는 의리상,

"오늘 검사해 보자나?"

하니깐 그는 간단히 대답하였습니다.

"벌써 했네."
"응? 어디서?"
"P병원에서."
"그래서 결과는?"
"살았다데."
"?"

나는 뜻하지 않고 그의 얼굴을 보았습니다. 그것은 의외의 대답을 들은 때문이라기보다 오히려 '살았다데' 하는 그의 음성이 너무 침통하기 때문에.

이렇게 대답하는 동안 나는 내가 하마터면 질 뻔한 괴로운 임무에서 벗어난 안심을 느끼는 동시에, P병원에서

의 검안의 의외에 눈을 크게 뜨지 않을 수가 없었습니다.

내 눈을 만난 M의 눈은 낭패한 듯이 이리저리 돌아 다녔습니다. 그리고 나는 그 눈으로 그가 방금 한 말이 거짓말이었음을 알았습니다.

그럼 그는 왜 거짓말을 하였나. 자기의 아내의 명예를 보호하기 위하여? 세상과 및 제 마음을 속여 가면서라도 자식을 슬하에 두어 보기 위하여? 나는 그의 마음을 알 수가 없었습니다.

그가 입을 열었습니다. 무겁고 침울한 음성이었습니다.

"여보게, 자네 이런 기모치(기분) 알겠나?"
"어떤?"

그는 잠시 쉬어서 말을 시작했습니다.

"월급쟁이가 월급을 받았네. 받은 즉시로 나와서 먹고 쓰고 사고, 실컷 마음대로 돈을 썼네. 막상 집으로 돌아가는 길일세. 지갑 속에 돈이 몇 푼 안 남아 있을 것은 분명해. 그렇지만 지갑을 못 열어 봐. 열어 보기 전에는 혹은 아직은 꽤 많이 남아 있겠거니 하는 요행심도 붙일 수 있겠지만, 급기 열어 보면 몇 푼 안 남은 게 사실로 나타나지 않겠나? 그게 무서워서 아직 있거니, 스스로 속이네그려. 쌀도 사야지. 나무도 사야지. 열어 보면 그걸 살 돈이 없는 게, 사실로 나타날 테란 말이지. 그래서 할 수 있는 대로 지갑에서 손을 멀리하고 제 집으로 돌아오네. 그 기모치 알겠나?"

나는 머리를 끄덕이었습니다.

"알겠네."

그는 다시 입을 봉하였습니다. 그러나 그때에 나는 알았습니다. M은 검사도 하여 보지 않은 것이외다. 그는 무서워합니다. 그는 검사를 피합니다. 자기의 아내가 임신을 하였습니다. 그것은, 상식으로 판단하여 무론 남편의 아이일 것이외다. 거기에 대하여 의심을 품을 자는 하나도 없을 것이외다. 의심을 품을 필요도 없는 것이외다. 왜? 여인이 남편을 맞으면 원칙상 임신을 하는 것이 당연한 일이니깐.

이 의심할 필요가 없는 일을 의심하다가 향기롭지 못한 결과가 나타나면 이것은 자작지얼(自作之孼)로서 원망을 할 곳이 없을 것이외다. 벌의 둥지를 건드리는 것은 어리석은 짓이외다. 십중팔구는 향기롭지 못한 결과가 나타날 '검사'를 M은 회피한 것이외다. 절망을 스스로 사지 않으려, 그리고 번민 가운데서도 끝끝내 일루의 희망을 붙여 두려 M은 온전히 '검사'라는 위험한 벌의 둥지를 건드리지 않기로 한 것이외다. 그리고 상식으로 판단할 수 있는 (제 아내의 뱃속에 있는) 자식에게 대하여, 억지로 애정을 가져 보려 결심한 것이외다. 검사를 하여서 정충이 살아 있다면 다행한 일이지만, 사멸하였다면 시재 제 아내와의 새에 생길 비극과 분노와 절망은 둘째 두고라도, 일생을 슬하에 혈육이 없이 보내고, 노후에 의탁할 곳을 가질 가능성조차 없는 절망의 지위에 빠지지 않을 수가 없을 것이외다.

이것은 무서운 일이외다. 상식으로 판단할 수 있는 일을 거부하고까지 이런 모험행위를 할 필요가 없을 것이외다.

이리하여 그는 검사는 단념했지만, 마음에 있는 의혹뿐은 온전히 끄지를 못한 모양이었습니다. 그 뒤에 어

88

떤 날, 그는 이런 이야기 저런 이야기 하다가 이런 말을 했습니다.

"자식은 꼭 제 애비를 닮는다면 좋겠구면."

거기 대하여 나는 닮는 예를 여러 가지로 들어서 말하여 주었습니다.

그는 한숨을 쉬었습니다.

"여인이 애를 배면 걱정일 테야. 아버지나 친할아비를 닮는다면 문제가 없겠지만, 외편을 닮거나, 그렇지 않으면, 아무도 닮지 않으면 걱정이 아니겠나. 그저 애비를 닮아야 제일이야, 하하하."

나는 대답하였습니다.

"글쎄 말이지, 내 전문이 아니니깐 이름은 기억 못하지만, 독일 소설에 이런 게 있지 않나. 「아버지」라나 하는 희곡 말일세. 자식을 낳았는데 제 자식인지 아닌지몰라서 번민하는 그런 이야기가 있지? 그것도 아버지만 닮으면 문제가 없겠지."

"아– 아, 다 구찮어."

*

M의 아내가 아들을 낳았습니다.

그 아이가 반 년쯤 자랐습니다.

어떤 날 M은 그 아이를 몸소 안고 병을 뵈러 나한테 왔습니다. 기관지가 조금 상하였습니다.

약을 받아 가지고도 그냥 좀 앉아 있던 M은 묻지도 않는 말을 이런 말을 하였습니다.

"이놈이 꼭 제 증조부님을 닮았다거든."

"그래?"

나는 그의 말에 적지 않은 흥미를 느끼면서 이렇게 응했습니다. 내 눈으로 보자면, 그 어린애와 M과는 아무런 관련도 없는 바인데, 그 애가 M의 할아버지를 닮았다는 것은 기이하므로서. 어린애의 진편과 외편의 근친(近親)에서 아무도 비슷한 사람을 찾아내지 못한 M의 친척은, 하릴없이 예전의 죽은 조상을 들추어낸 모양이었습니다. 그리고 그 어린애에게, 커다란 의혹과 그보다 더 커다란 희망(의혹이 오해였던 것을 바라는)은 M으로 하여금 손쉽게 그 말을 믿게 한 모양이었습니다. 적어도 신뢰하려고 마음먹게 한 모양이었습니다.

내가 자기의 말에 흥미를 가지는 것을 본 M은, 잠시 주저하다가 그가 예비하였던 둘쨋말을 마침내 꺼내었습니다.

"게다가 날 닮은 데도 있어."
"어디?"
"이보게."

M은 어린애를 왼편 팔로 가만히 옮겨서 붙안으면서, 오른손으로는 제 양말을 벗었습니다.

"내 발가락 보게. 내 발가락은 남의 발가락과 달라서 가운데 발가락이 그중 길어. 쉽지 않은 발가락이야. 한데."

M은 강보를 들치고 어린애의 발을 가만히 꺼내어

놓았습니다.

"이놈의 발가락 보게. 꼭 내 발가락 아닌가? 닮았거든."

M은 열심으로, 찬성을 구하는 듯이 내 얼굴을 바라
보았습니다. 얼마나 닮은 곳을 찾아보았기에 발가락 닮
은 것을 찾아내었겠습니까.

나는 M의 마음과 노력에 눈물겨워졌습니다. 커다란
의혹 가운데서, 그 의혹을 어떻게 하여서든 삭여 보려는
M의 노력은, 인생의 가장 요절할 비극이었습니다. M이
보라고 내어놓은 어린애의 발가락은 안 보고 오히려 얼
굴만 한참 들여다보고 있다가, 나는 마침내 이렇게 말하
였습니다.

"발가락뿐 아니라, 얼굴도 닮은 데가 있네."

그리고 나의 얼굴로 날아오는 (의혹과 희망이 섞인) 그
의 눈을 피하면서 돌아앉았습니다.

4장

태형
. . . .

"기쇼오(起床)!"

잠은 깊이 들었지만 조급하게 설렁거리는 마음에 이 소리가 조그맣게 들린다. 나는 한 순간 화다닥 놀래어 깨었다가 또 다시 잠이 들었다.

"여보, 기쇼야, 일어나오."

곁의 사람이 나를 흔든다. 나는 돌아누웠다. 이리하여 한 초 두 초, 꿀보다도 단 잠을 즐길 적에 그 사람은 나를 또 흔들었다.

"잠 깨구 일어나소."

"누굴 찾소?"

이렇게 나는 물었다. 머리는 또 다시 나락의 밑으로 미끄러져 들어간다.

"그러디 말고 일어나요. 지금 오방 댕껭(點檢)합넨다."
"여보, 십 분 동안만 더 자게 해주."
"그거야 내가 알갔소? 간수한테 들키면 혼나갔게 말이지."
"에이! 누가 남을 잠도 못 자게 해. 난 잠들은 지 두 시간도 못 됐구레. 제발 조금만 더."

이 말이 맺기 전에 나의 넓은 첩실과 그 머리맡의 담배를 얼핏 보면서, 나는 혼혼히 잠이 들었다. 그때에 문득 내게 담배를 한 가치 주는 사람이 있으므로, 그 담배를 먹으려 할 때에 아까 그 사람(나를 흔들던 사람)은 또 다시 나를 흔든다.

"기쇼 불렀소. 뎅껑꺼정 해요. 일어나래두."
"여보, 이제 남 겨우 또 잠들었는데 깨우긴 왜."

"뎅껑이면 어떻단 말이오? 그래 노형 상관 있소?"

"그만 둡시다. 그러나 일어나 나오."

"남 이제 국수 먹고 담배 먹은 꿈 꾸댔는데."

 이 말을 하려던 나는 생각만 할 뿐 또 다시 잠이 들었다. 또 한 초 두 초 단꿈에 빠지려던 나는, 곁방에서 들리는 제걱거리는 칼 소리와 문을 덜컥 덜컥 여는 소리에 벌떡 놀라서 일어나 앉았다. 그러나 온몸을 취케 하던 졸음은 또 다시 머리를 덮는다. 나는 무릎을 안고 머리를 묻은 뒤에 또 다시 잠이 들었다. 또 한 초 두 초, 시간은 흐른다. 덜컥! 마침내 우리 방문을 여는 소리가 났다. 나는 갑자기 굴복을 하고 머리를 들었다. 이미 잘 아는 바이거니와, 한 초 전에 무거운 잠에 취하였던 사람이라고는 생각 안 되도록 긴장된다.

 덜컥 하는 소리와 함께 문이 열리며 간수가 서넛 들어섰다.

 "뎅껭!"

 다섯 평이 좀 못 되는 방에는 너무 크지 않나 생각

되는 우렁찬 소리가 울려오며, 경험으로 말미암아 숙련된 흐르는 듯한(우리의 대명사인) 번호가 불리운다. 몇 호 몇 호, 이렇게 흐르는 듯이 불러오던 간수부장은 한 번호에 멎었었다.

"나나햐꾸 나나쥬 용고(七百七十四號)."

아무 대답이 없다.

"나나햐꾸 나나쥬 용고!"

자기의 대명사-더구나 일본말로 부르는 것을 알아듣지 못한 칠백칠십사호의 영감(곧 내 뒤에 앉은)은 역시 대답이 없었다. 나는 참다 못하여 그를 꾹 찔렀다. 놀라서 덤비는 대답이 그때야 겨우 들렸다.

"예, 하이!"
"나제 하야꾸 헨지오 시나이(왜 빨리 대답 안 하나)."
"이리 와!"

이렇게 부장은 고함친다. 그러나 영감은 가만 있었다. 고요한 소리 하나 없다.

"이리 오너라!"

두 번째의 소리가 날 때에 영감은 허리를 구부리고 그의 앞에 갔다. 한 순간 공기를 헤치고 날카로운 소리와 함께, 이것 역시 경험 때문에 손익게 된 솜씨인, 드는 손 보이지 않는 채찍을 영감의 등에 내리었다.

영감은 가만 있었다. 그러나 눈에는 눈물이 어리었다.

칠백칠십사호 뒤의 번호들이 모두 불리운 뒤에, 정신 차리라는 책망과 함께 영감은 자기 자리에 돌아오고 감방문은 다시 닫겼다.

이상한 일이거니와 한 사람이 벌을 받으면 방안의 전체가 떨린다(공분이라거나 동정이라든가는 결코 아니다). 몸만 떨릴 뿐 아니라 염통까지 떨린다. 이 떨림을 처음 경험한 것은 경찰서에서 세 시간은 연하여 맞은 뒤에 구류실에 들어 가서 두 시간 동안을 사시나무 떨듯 떨던 때였다.

죽지나 않나까지 생각되었다.(지금은 매일 두세 번씩 당하는 현상이거니와.)

방은 죽음의 방같이 소리 하나 없다. 숨도 크게 못 쉰다. 누구나 곁을 보면 거기는 악마라도 있는 것처럼 보려고도 안 한다. 그들에게 과연 목숨이 남아 있는지?

좀 있다가 점검이 끝났는지 간수들의 발소리가 도로 우리 방 앞을 지나갔다. 그때에 아까 그 영감의 조그만 소리가 겨우 침묵을 깨뜨렸다.

"집엔, 그 녀석(간수)보담 나이 많은 아들이 두 녀석이나 있쉐다가레."

덥다.

몇 도(度)인지, 백십 도 혹은 그 이상인지도 모르겠다.

매일 아침 경험하는 바와 같이 동쪽 하늘에 떠오르는 해를 '저 해가 이제 곧 무르녹일테지'

생각하면 그 예상을 맞추려는 듯이 해는 어느덧 방을 무르녹인다.

다섯 평이 조금 못 되는 이 방에, 처음에는 스무 사람이 있었지만, 몇 방을 합칠 때에 스물 여덟 사람이 되었다. 그때에 이를 어찌하노 했다. 진남포 감옥에서 공소로 넘어온 사람까지 설흔네 사람이 되었을때에 우리는 한숨을 쉬었다.

그러나 신의주와 해주 감옥에서 넘어 온 사람까지하여 마흔 네 사람이 될 때에 우리는 한숨도 못 쉬었다. 혀를 채었다.

곧 추녀 끝에 걸린 듯한 뜨거운 해는 끊임없이 더위를 보낸다. 몸 속에 어디 그리 물이 많았던지, 아침부터 계속하여 흘린 땀이 그냥 멎지 않고 흐른다. 한참 동안 땀에 힘없이 앉아 있단 나는, 마지막 힘을 내어 담벽을 기대고 흐늘흐늘 일어 섰다. 지옥이었었다. 빽빽이 앉은 사람들은 모두 힘없이 머리를 늘이우고 입을 송장같이 벌리고 흐르는 침과 땀을 씻을

생각도 안하고 먹먹히 앉아 있다. 둥그렇게 구부러진 허리, 맥없이 무릎 위에 놓인 손, 뚱뚱 부은 시퍼런 얼굴에 힘없이 벌어진 입, 생기 없는 눈, 흩어진 머리와 수염, 모든 것이 죽은 사람이었었다. 이것이 과연 아침에 세면소까지 뛰어갔으며 두 시간 전에 점심 먹느라고 움직인 사람들인가? 나의 곤하여 둔하게 된 감각에도 눈이 쓰린

역한 냄새가 쏜다.

그들은 무얼 하러 여기 왔나? 바람 불고 잘 자리 있고 담배 있는 저 세상에서 무얼 하러 여기 왔나? 사랑스러운 손주가 있는 사람도 있겠지. 이쁜 아내가 있는 사람도 있겠지. 제기 벌어먹이지 않으면 굶어죽을 어머니가 있는 사람도 있겠지. 그리고 그들은 자유로 먹고 마시고 바람을 쏘이고 자유로 자고 있었을테다. 그러던 그들이 어떤 요구로 여기를 왔나?

그러나 지금의 그들의 머리에는 독립도 없고, 민족 자결도 없고, 자유도 없고, 사랑스러운 아내며 아들이며 부모도 없고, 또는 더위를 깨달을 만한 새로운 신경도 없다. 무거운 공기와 더위에 괴로움 받고 학대받아서, 조그맣게 두 개골 속에 웅크리고 있는 그들의 피곤한 뇌에다만 한 가지의 바램이 있다 하면, 그것은 냉수 한 모금이었다. 나라를 팔고 고향을 팔고 친척을 팔고 또는 뒤에 이를 모든 행복을 희생하여서라도 바꿀 값이 있는 것은 냉수 한 모금밖에는 없었다.

즉, 그 때에 눈에 얼핏 떠오른 것은(때때로 당하는 현상

102

이거니와) 쫄쫄쫄쫄 흐르는 샘물과 표주박이었다.

"한 잔만 먹여다고, 제발!"

나는 누구에게 비는지 모르게 빌었다. 그리고 힘없는 눈을 또다시 몸과 몸이 서로 닿아 썩어서 몸에는 종기투성이요, 전 인원의 십분의 칠은 옴장이인 무리로 향하였다. 침묵의 끝없는 시간은 그냥 흐른다.

나는 도로 힘없이 앉았다.

"에, 더워죽겠다!"

마지막 '죽겠다'는 말은 똑똑히 들리지 않도록 누가 토하는 듯이 말하였다. 그러나 아무도 거기 대꾸할 용기가 없는지, 또 끝없는 침묵이 연속된다. 머리나 몸 가운데 어느 것이든 노동하지 않고는 사람은 못 사는 것이다. 그 사람들의 몇 달 동안을 머리를 쓸 재료가 없이, 몸은 움직일 틈이 없이 지내왔으니 어찌 견딜 수 있을까? 그것도 이 더위에.

더위는 저녁이 되어가며 차츰 더하여진다. 모든 세포

는 개개의 목숨을 가진 것같이 더위에 팽창한 몸의 한 부분이라고는 생각할 수가 없었다. 무겁고 뜨거운 공기가 허파에 들어갔다가 나올 때마다 더위는 더하여진다. 이러고야 어찌 열병 환자가 안 날까?

닷새 전에 한 사람이 병감으로 나가고, 그저께 또 한 사람 나가고, 오늘은 또 두 사람이 앓고 있다.

우리는 간수가 병인을 병감으로 데리고 나갈 때마다 부러운 눈으로 그들을 보았다. 거기에는 한 방에 여나믄 사람밖에는 두지 않았다. 그리고 그들에게는 '물'약을 주었다. 뿐만 아니라 그들은 맑은 공기를 마실 기회가 있었다.

"오늘이 일요일이지요?"

나는 변기(便器) 위에 올라앉아서 어두운 전등 밑에 이를 잡으면서 곁에 서 있는 사람에게 물었다(우리는 하룻밤을 삼분(三分)하고 사람을 삼분하여 번갈아 잠을 자고, 남은 사람은 서서 기다리기로 하였다).

"내가 압네까? 종은 팁네다만, 삼일날인디 주일날인디."

그러나 종소리는 그냥 땡-땡-고요한 밤하늘에 울리어온다. 그것은 마치 '여기로 자유로 냉수를 마시고 넓은 자리에서 잘 수 있는 사람이 있다'는 것처럼.

"사람의 얼굴이 보고 싶어서."
"그래요. 정 사람의 얼굴이 보고파요."
"종소리 나는 저 세상에 물두 있을 테지. 넓은 자리도 있을 테지. 바람두, 바람두 불테지."

이렇게 나는 중얼거렸다.

"물? 물? 여보 말 마오. 나두 밖에 있을 땐 목마르믄 물도 먹고, 넓은 자리에서 잔 사람이외다."

그는 성가신 듯이 외면을 한다.

그 말을 듣고 보니, 나도 밖에 있을 때에는 자유로 물을 먹었다. 자유로 버드렁거리며 잤다. 그러나 그것은 지나간 옛적의 꿈과 같이 머리에 남아 있을 뿐이다.

"아이스크림도 있구."

이번은 이편의 조은 사람이 나를 꾹 찔렀다.

"아이스크림? 그것만? 여보 그것만? 내겐 마누라도 있소. 뜰의 유월도(六月桃)두 거반 익어갈 때요."

나는 이렇게 말하였다. 즉, 아까 영감이 성가신 듯이 도로 나를 보며 말한다.

"마누라? 여보 젊은 사람이 왜 그리 철없는 소리만 하오? 난 아들이 둘씩이나 있었소. 나 들어온 지 두 달 반, 그것들이 죽지나 않았는지."

서 있기로 된 사람 사이에는 한담이며 회고담들이 사귀어졌다.

그러나 우리들(자지 않고 서서 기다리기로 한) 가운데도 벌써 잠이 든 사람이 꽤 많았다.

서서 자는 사람도 있다. 변기 위 내 곁에 앉았던 사람도 끄덕끄덕 졸다가 툭 변기에서 떨어진 그대로 잔다.

아래 깔린 사람도 송장이 아닌 증거로는 한두 번 다리를 버둥거릴 뿐 그냥 잔다.

　나도 어느덧 잠이 들었는지 모르겠다. 가슴이 답답하여 깨니까(매일 밤 여러 번 겪는 현상이거니와) 내 가슴과 머리는 온통 남의 다리(수십 개의) 아래 깔려 있다. 그것들을 움으적 움으적 겨우 뚫고 일어나서, 그냥 어깨에 걸려 있는 몇 개의 남의 자리를 치워 버리고 무거운 김을 배앝았다.

　다리 진열장이었었다. 머리와 몸집은 어디 갔는지 방안에 하나도 안 보이고, 다리만 몇 겹씩 포개고 포개고 하여 있다. 저편 끝에서 다리가 하나 버드렁거리는가 하면, 이편 끝에서는 두 다리가 움질움질하고. 그것도 송장의 것과 같은 시퍼런 다리를. 이 사람의 세계를 멀리 떠난 그들에게도 사람과 같은 꿈이 깨어지는지(냉수 마시는 꿈을 꾸는지 모르겠다) 때때로 다리들 틈에서 꿈 소리가 나온다.

　아아! 그들도 집에 돌아만 가면 빈약하나마 제가 잘 자리는 넉넉할 것을.

　저편 끝에서 다리가 일여덟 개 들썩들썩 하더니 그

틈으로 머리가 하나 쑥 나오다가 긴 숨을 내어쉬고 도로 다리 속으로 스러진다.

그것을 어렴풋이 본 뒤에 나도 자려고 맥난 몸을 남의 다리에 기대었다.

아침 세수를 할 때마다 깨닫는 것은, 나는 결코 파래지 않았다는 것이었다. 부었는지 살쪘는지는 모르지만, 하루 종일 더위에 녹고 밤새도록 졸음과 땀에게 괴로움받은 얼굴을 상쾌한 찬물로 씻을 때마다 깨닫는 바가 이것이다. 거울이 없으니 내 얼굴은 알 수 없고 남의 얼굴은 점진적이라 모르지만 미끄러운 땀을 씻고 보둥보둥한 뺨을 만져볼 때마다 나는 결코 파래지 않았다는 사실을 깨닫는다. 그리고 이 세수 뒤의 두세 시간이 우리들의 살림 가운데는 가장 값이 있는 시간이며, 그중 사람 비슷한 살림이었다. 이때뿐이 눈에는 빛이 있고 얼굴에는 산사람의 기운이 있었다. 심지어는 머리도 얼마간 동작하며, 혹은 농담을 하는 사람까지 생기게 된다. 좀(단 몇 시간만) 지나면 모든 신경은 마비되고, 머리를 느리우며 떠도 보지를 못하는 눈을 시리감고 끓는 기름과 같이 숨을 헐떡거릴 사람과 이 사람들 사이에는 너무 간격이 있었다.

"이따는 또 더워질 테지요?"

나는 곁의 사람에게 이렇게 말하였다.

"더워요? 덥긴 왜 더워? 이것 보구려. 오히려 추운 편인데."

그는 엄청스럽게 몸을 떨어본 뒤에 웃는다.

아직 아침은 서늘한 유월 중순이었다. 캘린더가 없으니 날짜는 똑똑히 모르되 음력 단오를 좀 지난 때였었다. 하루 진일 받은 더위를 모두 발산한 아침은 얼마간 서늘하였다.

"노형, 어제 공판 갔댔지요?"

이렇게 나는 그 사람에게 물었다.

"예!"
"바깥 형편이 어떻습디까?"
"형편꺼정이야 알겠소? 그저 포플라두 새파랗구, 구

름도 세차게 날아 다니구, 말하자면 다산 것 같습니다. 땅바닥꺼정 움직이는 것 같구, 사람들도 모두 상판이 시커먼 것이 우리들 보기에는 도둑놈 관상입니다."

"그것을 한번 봤으면."

나는 한숨을 쉬었다. 삼월 그믐 아직 두꺼운 솜옷을 입고야 지날 때에 여기 들어온 나는, 포플라가 푸른 빛이 었는지 녹빛이었는지 똑똑히 모른다.

"노형도 수일 공판 가겠디오?"
"글세, 어제 이야기한 거같이 쉬 독립된답니다."
"쉬?"
"한 열흘 있으면 된답니다."

나는 거기 대꾸를 하려 할 때에 곁방에서 담벽을 두드리는 소리가 들렸다. 그것은 ㄱㄴ과 ㅏㅑㅓㅕ를 수로 한 우리의 암호 신호였다.

"무엇이오?"

나는 이렇게 두드렸다.

"좋은 소식이 있소. 독립은 다되었다오."

이때네 곁 감방의 문 따는 소리에 암호는 뚝 끊어졌다.

"곁방에서 공판 갈 사람을 불러낸다. 오늘은."
"노형 꼭 가디?"
"세, 꼭 가야겠는데. 람도 보구 넓은 데를."

　그러나 우리 방에서는 어제 간수부장한테 매맞은 그 영감과 그밖에 영원 맹산 등지 사람 두셋이 불리어나 갈 뿐 나는 역시 그 축에서 빠졌다.

"언제든 한 번 간다."

　나는 맛없고 골이 나서 속으로 중얼거렸다. 그러나 그 '언제든'이 과연 언제일까? 오늘은 꼭, 오늘은 꼭, 이리 하여 석 달을 미뤄온 나이었다.'영원'과 같이 생각되는 석 달을 매일 아침마다 공판 가기를 기다리면서 지내온 나이었다. '언제 한 번 '이란 과연 언제일까?' 이런 석 달이 열 번 거듭하면 서른 달일 것이다.

"노형은 또 빠졌구려!"

"싫으면 그만두라지, 도둑놈들!"

"이제 한 번 안 가리까?"

"이제? 이제가 대체 언제란 말이오? 십 년을 기다려도 그뿐, 이십 년을 기다려도 그뿐."

"그래도 한 번이야 안 가리까?"

"나 죽은 뒤에 말이오?"

나는 그에게까지 역정을 내었다.

좀 뒤에 아침밥을 먹을 때까지도 나의 마음은 자못 편치 못하였다. 그것은 바깥을 구경할 기회를 빨리 지어주지 않는 관리에게 대함이라기보다, 오히려 공판에 불리어 나가게 된 행복한 사람들에게 대한 무서운 시기에 가까운 것이었다.

점심을 먹고 비린내나는 냉수를 한 대접 다 마신 뒤에, 매일 간수의 눈을 기어나면서 장난하는 바와 같이, 밥그릇을 당겨서 거기 아직 붙어 있는 밥알을 모두 긁어서 이기기 시작하였다. 갑갑하고 답답하고, 사로 이야기하는 것을 허락치 않고, 공상을 하자 하여도 벌써 재료가 없어진 우리가 가질 수 있는 다만 하나의 오락이 이것이었다.

때가 묻어서 새까맣게 될 때는 그 밥알은 한 덩어리의 떡으로 변한다. 그 떡은 혹은 개 혹은 돼지, 때때로는 간수의 모양으로 빚어져서, 마지막에는 변기 속으로 들어간다.

한창 내 손 속에서 움직이던 떡 덩이는–뿔은 좀 크게 되었지만 한 마리의 얌전한 소가 되어 내 무릎 위에 섰다. 나는 머리를 들었다.

아직 장난에 취하여 몰랐지만 해는 어느덧 또 무르녹기 시작하였다. 빈대 죽인 피가 여기 저기 묻은 양회 담벽에는 철창 그림자가 똑똑히 그려져 있다. 사르는 듯한 더위는 등지고 있는 창 밖에서 등을 타지고, 안고 있는 담벽에서 반사하여 가슴을 타지고, 곁에 빽빽이 사람의 열기로 온몸을 썩인다. 게다가 똥오줌 무르녹은 냄새와 살 썩은 냄새와 옴약 내에 매일 수없이 흐르는 땀 썩은 냄새를 합하여, 일종의 독가스를 이룬 무거운 기체는 방에 가라 앉아서 환기까지 되지 않았다. 우리의 피곤해서 둔하게 된 감각으로도 넉넉히 깨달을 수 있는 역한 냄새였다. 간수가 가까이 와서 들여다 보지 않는 것도 당연한 일이었다.

그러고 보니 생각아거니와 나-뿐 아니라 온 사람의 몸에는 종기투성이이었다. 가득 차고 일변 증발하는 변기 위에 올라앉아서 뒤를 볼 때마다 역정나는 독한 습기가 엉덩이에 묻어서 거기서 생긴 종기를 이와 빈대가 온 몸에 퍼져서 종기투성이 아닌 사람이 없었다.

땀은 온몸에서 뚝 뚝-이라는 것보다 짤짤 흐른다.

"에-땀."

나는 힘없이 중얼거렸다. 이상한 수수께끼와 같은 일이었다. 밥 먹은 뒤에 냉수를 벌컥벌컥 마시면, 이삼십 분 뒤에는 그 물이 모두 땀으로 되어 땀구멍으로 솟는다.

폭포와 같다 하여도 좋을 땀이 목과 가슴으로 흘러서, 온 몸에 벌레 기어 다니는 것같이 그 불쾌함은 말할 수가 없다.

그러나 땀을 씻는 사람은 하나도 없다. 손가락 하나라도 움직이면 초열지옥에라도 떨어질 것같이, 흐르는 땀을 씻으려는 사람도 없다.

"얼핏 진찰감에 보내어다고."

나의 피곤한 머리는 이렇게 빌었다. 아침에 종기를 핑계삼아 겨우 빌어서 진찰하러 간 사람 축에 들 나는 지금 그것밖에는 바랄 것이 없었다.

시원한 공기와 넓은 자리를(다만 이십 분 동안이라도) 맛보는 것은, 여간한 돈이나 명예와도 바꿀 수 없는 귀중한 것이었다. 그 뿐만 아니라, 입감이라도 안부는커녕 어느 감방에 있는지도 모르는 아우의 소식을 알는지도 모르겠다.

즉, 뜻하지 않게 눈에 떠오른 것은 집안의 일이었다. 희다 못하여 노랗게까지 보이는 햇빛에 반사하는 양회 담벽에 먼저 담배와 냉수가 떠오르고 나의 넓은 자리가 (처음 순간에는 어렴풋하였지만) 똑똑히 나타났다.(어찌하여 그런 조그만 일까지 똑똑히 보였던지 아직껏 이상하게 생각하거니와) 파리 한 마리가 성냥갑에서 담배갑으로 도로 성냥갑으로 왔다갔다 한다.

"썅!"

나는 뜨거운 기운을 내뱉았다.

"파리까지 자유로 날아다닌다."

성내려야 성낼 용기도 없어진 머리로 억지로 성을
내고, 눈에서 그 그림자를 지워버리려 하였다. 그러나 담
배와 냉수는 곧 없어졌지만, 성가신 파리는 끝끝내 떨어
지지를 않았다.

나는 손을 들어서(마치 그 파리를 날리려는 것 같이)
두어 번 얼굴을 비빈 뒤에 맥없이 아까 만든 소만 쥐
었다.

공기의 맛이 달다고는, 참으로 경험해 보지 못한 사
람은 뜻하지도 못할 일일 것이다. 역한 냄새 나는 뜨거운
기운을 배앝고, 달고 맑은 새 공기를 들이마시는 처음 순
간에는 기절할 듯이 기뻤다.

서늘한 좋은 일기였다. 아까는 참말로 더웠는지, 더

웠으면 그 더위는 어디로 갔는지, 진찰감으로 가는 동안 오히려 춥다 하여도 좋을 만치 서늘하였다.

그러나 그보다도 더 기쁜 것은 거기서 아우를 만난 일이었다.

"어느 방에 있니?"

나는 머리를 간수에게 향한 채로 조그만 소리로 물었다.

"사감 이방에."

나는 좀 있다가 또 물었다.

"몇 사람씩이나 있니? 덥지?"
"모두들 살이 뚱뚱 부었어."
"도둑놈들. 우리 방엔 사십여 인이 있다. 몸둥이가 모두 썩는다. 집엔 오히려 널거서 걱정인 자리가 있건만. 너 그새 앓지나 않았니?"
"감옥에선 앓을래야 병이 안 나. 더워서 골치만 쏘디."

"어떻게 여기(진찰감) 왔니?"

"배 아프다구 거줏뿌러 하구."

"난 종기투성이다. 이것 봐라."

하면서 나는 바지를 걷고 푸릿푸릿한 종기를 내어놓았다.

"그런데 너의 방엔 옴쟁이는 없니?"

"왜 없어."

그는 누구도 옴쟁이고 누구도 옴쟁이고, 알 이름 모를 이름하여 한 일여덟 사람 부른다.

"그런데 집에서 면회는 왜 안 오는디."

"글세 말이다. 모두들 죽었는지."

문득 아직껏 생각이나 하여보지 않은 일이 머리에 떠오른다. 석 달 동안을 바깥 사람이라고는 간수들밖에 만나 보지 못한 우리에게는 바깥이 어떤 형편인지는 모를 지경이었다. 간혹 재판소에 갔다 오는 사람도 있기는 하지만, 거기 다니는 길은 야외라, 성 안 형편은 아직 우리가 여기 들어올 때와 같이 음울한 기운이 시가를 두르고, 삼정은 모두 철전을 하고 있는지, 또는 전과 같이 거리에는 흥정이 있고, 집안에는 웃음소리가 퍼지며, 예배당에는 결혼하는 패도 있으며, 사람들은 석 달 전에 일어난 그 사건을 거반 잊고 있는지, 보기는커녕 알지도 못하는 일이었다. 일가나 친척의 소소한 일은 더구나 모를 일이었다.

"다 무슨 변이 생겼나부다."

"그래도 어제 공판 갔던 사람이 재판소 앞에서 맏형을 봤다는데."

아우는 근심스러운 얼굴로 이렇게 말하였다. 그러나 그 아우의 '봤다는데'라는 말과 함께,

"천십칠호!"

하고 고함치는 소리가 귀에 울리었다. 그것은 내 번호였다.

"네!"

"딘찰."

나는 빨리 일어서서 의사의 앞으로 갔다.

"오데가 아파?"

"여기요."

하고 나는 바지를 벗었다. 의사는 내가 내어놓은 엉덩이와 넓적다리를 갈핏 들여다보고 요만 것을 하는 듯 얼굴로 말없이 간병수에게 내어 맡긴다. 거기서 껍진껍진한 고약을 받아서 되는 대로 쥐어바르고 이번엔 진찰 끝난 사람 축에 앉았다.

이때에 아우는 자기 곁에 앉은 사람과(나 앉은 데서까지 들리도록) 무슨 이야기를 둥둥 하고 있었다. 나는 깜짝 놀라서 간수를 보았다. 간수는 아우를 주목하는 모양이었다.

나는 기지게를 하는 듯 손을 들었다. 아우는 못 보았다. 이번은 크게 기침을 하였다. 그러나 그는 못 들은 모양이었다. 가슴이 떨리기 시작하였다.

"알귀야 할 테인데."

몸을 움즉움즉 하여보았지만, 그는 이야기에 정신이
팔려서 그냥 그치지 않고 하다가, 간수가 두어 걸음 자기
에게 가까이 올때야 처음으로 정신을 차리고 시치미를
떼었다. 그러나 간수는 용서하지 않았다. 채찍의 날카로
운 소리가 한 번 나는 순간, 아우는 어깨에 손을 대고 쓰
러졌다. 피와 열이 한꺼번에 솟아올라 나는 눈이 아뜩하
여졌다.

좀 있다가 감방으로 들어올 때에 재빨리 곁눈으로
아우를 보니 나를 보내는 그의 눈에는 눈물이 가득하여
있었다. 무엇이 어리고 순결한 그의 눈에 눈물이 고이게
하였나?

나는 바라고 또 바라던 달고 맑은 공기를 맛보기는
맛보았지만, 이를 맛보기 전보다 더 어둡고 무거운 머리
를 가지고 감방으로 돌아오게 되었다.

저녁을 먹은 뒤에 더위에 쓰러져 있던 나는, 아직 내

어가지 않은 밥그릇에서 젓가락을 꺼내어 손수건 좌우편 끝을 조금씩 감아서 부채와 같이 만들어 부쳐보았다. 훈훈하고 냄새나는 바람이 땀 위를 살짝 스쳐서, 그래도 조금의 서늘함을 맛볼 수가 있었다. 이깟 지혜가 어찌하여 아직 안 났던고? 나는 정신 잃은 사람같이 팔을 들었다. 이 감방 안에서는 처음의 냄새는 나지만 약간의 바람이 벌레 기어 다니는 것같이 흐르던 가슴의 땀을 증발시키느리고 꿈같은 냉미를 준다. 천장에 딱 붙은 전등이 켜졌다. 그러나 더위는 줄지 않았다. 손수건의 부채는 온방 안이 흉내내어, 나의 뒤의 사람으로 말미암아 등도 부쳐졌다. 썩어진 공기가 움직인다.

그러나 우리들의 부채질은 재판소에서 돌아오는 사람들 때문에 중지되지 않을 수 없었다.

우리 방에서 나갔던 서너 사람도 돌아왔다. 영원 영감도 송장 같은 얼굴로 돌아 왔다.

나는 간수가 돌아간 뒤에 머리는 앞으로 향한 대로 손으로 영감을 찾았다.

"형편 어떻습디까?"

"모르갔소."

"판결은 어떻게 됐소?"

영감은 대답이 없었다. 그의 입은 바늘로 호라메우
지나 않았나? 그러나 한참 뒤에 그는 겨우 대답하였다.
그의 목소리는 대단히 떨렸다.

"태형 구십 대랍니다."

"거 잘 됐구려! 이제 사흘 뒤에는 담배도 먹고 바람
도 쏘이고. 난 언제나."

"여보, 잘 됐시오? 무어이 잘 되었단 말이오? 나이 칠
십 줄에 들어서태 맞으면. 말하기도 싫소. 난 아직 죽기
싫어! 공소했쉐다."

그는 벌컥 성을 내어 내게 달려들었다. 그러나 그의
뒤에 이은 내 성도 그에게 지지를 않았다.

"여보! 시끄럽소. 노망했소? 당신은 당신이 죽겠다구
걱정하지만, 그래 당신만 사람이란 말이오? 이 방 사십여
명이 당신 하나 나가면 그만큼 자리가 넓어지는 건 생각

지 않소? 아들 둘 다 총에 맞아 죽은 다음에 뒤상 하나 살아 있으면 무얼 해? 여보!"

나는 곁에 있는 다른 사람에게로 향하였다.

"여기 태형 언도에 공소한 사람이 있답니다."

나는 이상한 소리로 껄걸 웃었다.

다른 사람도 영감을 용서치 않았다. 노망하였다, 바보로다, 제 몸만 생각한다, 내어쫓아라, 여러 가지의 평이 일어났다.

영감은 대답이 없었다. 갈게 쉬는 한숨만 우리의 귀에 들렸다. 우리들도 한참 비웃은 후에는 기진하여 잠잠하였다. 무겁고 괴로운 침묵만 흘렀다.

바깥은 어느 덧 어두워졌다. 대동강 빛과 같은 하늘은 온 세상을 뒤덮었다. 우리들의 입은 모두 바늘로 호라메우지나 않았나? 그러나 한참 뒤에 마침내 영감이 나를 찾는 소리가 겨우 침묵을 깨뜨렸다.

"여보!"

"왜 그러오?"

영감은 또 먹먹하다. 그러나 좀 뒤에 그는 다시 나를 찾았다.

"노형 말이 옳소. 아들 두 놈은 덩넝쿠 다 죽었쉐다. 난 나 혼자 이제 살아서 무엇 하갔소? 취하하게 해주소."
"진작 그럴 게지. 그럼 간수 부릅시다."
"그래 주소."

영감은 떨리는 목소리로 말했다.
나는 패통을 쳤다. 간수는 왔다. 내가 통역을 서서 그의 뜻(이라는 것보다 우리의 뜻)을 말하매 간수는 시끄러운 듯이 영감을 끌어내 갔다.
자리에 돌아올 때에 방안 사람들의 얼굴을 보니, 그들의 얼굴에는 자리가 좀 넓어졌다는 기쁨이 빛나고 있었다.
모깡! 이것은 십여 일만에 우리가 가질 수 있는 우리의 가장 큰 행복이다.

"모깡!"

간슈의 호령이 들린 때에 우리들은 줄을 지어서 뛰어나갔다.

뜨거운 해에 쪼인 시멘트 길은 석 달 동안을 쉰 우리의 발에는 무섭게 뜨거웠다. 그러나 그것은 우리의 즐거움의 하나였었다. 우리는 그 길을 건너서 목욕통 있는 데로 가서 옷을 벗어던지고. 반고형(半固型)이라 하여도 좋을 꺼룩한 목욕물에 뛰어들었다.

무엇이라고 형용할 수 없는 즐거움이었었다. 곧 곁에는 수도가 있다. 거기서는 언제든 맑은 물이 나온다. 그것은 우리들의 머리에서 한때도 떠나 보지 못한 '달콤한 냉수'이었었다.

잠깐 목욕통에서 덤빈 나는 수도로 나와서 코끼리와 같이 물을 먹었다.

바깥에는 여러 복역수들이 일을 하고 있었다. 그것도 (갑갑함에 겨운) 우리들에게는 부러움의 푯대였었다. 그들은 마음대로 바람을 쏘일 수가 있었다. 목마르면 간슈의 허락을 듣고 물을 먹을 수가 있었다. 뿐만 아니라, 그들에게는 갑갑함이 없었다.

즉, 어느 덧 그치라는 간수의 호령이 울리었다. 우리의 이십 초 동안의 목욕은 이에 끝났다. 우리는 (매를 맞지 않으려고) 시간을 유예치 않고 빨리 옷을 입은 후에 간수를 따라서 감방으로 돌아왔다.

꼭 가장 더울 시간이었었다. 문을 닫는 순간, 우리는 벌써 더위 속에 파묻혔다. 더위는 즐거움 뒤의 복수라는 듯이 용서없이 우리를 내리쪼인다.

"벌써 덥다!"

나는 혼잣말로 중얼거렸다.

"매를 맞구라도 좀더 있을 걸."

누가 이렇게 말한다. 서너 사람의 웃음 비슷한 소리가 들렸다. 그러나 그 뒤에는 먹먹하였다. 몇 시간 동안의 침묵이 연속되었다.

우리는 무서운 소리에 화다닥 놀랐다. 그것은 단말마의 부르짖음이었다.

"히도오쓰(하나), 후다아쓰(둘)."

간수의 헤어나가는 소리와 함께,

"아이구 죽겠다. 아이구 아이구!"

부르짖는 소리가 우리의 더위에 마비된 귀를 찔렀다. 그것은 태 맞는 사람의 부르짖음이었다.

서른까지 헤인 뒤에 간수의 소리는 없어지고 태 맞는 사람의 앓는 소리만 처량히 우리의 귀에 들렸다.

둘째 사람이 태형대에 올라간 모양이다.

"히도오쓰."

하는 간수의 소리에 연한 것은,

"아유!"

하는 기운 없는 외마디의 부르짖음이었다.

"후다아쓰."

"아유!"

"미이쓰(셋)."

"아유!"

　　우리는 그 소리의 주인공을 알았다. 그것은 어젯밤 우리가 내어쫓은 그 영원 영감이었었다. 쓰린 매를 맞으면서도 우렁찬 신음을 할 기운도 없이 '아유' 외마디의 소리로 부르짖은 것은 우리가 억지로 매를 맞게 한 그 영감이었다.

"요 오 쓰(넷)."

"아유!"

"이쓰으쓰(다섯)."

"후-."

　　나는 저절로 목이 늘어지는 것을 깨달았다. 나의 머리에는 어젯밤 그가 이 방에서 끌려나 갈 때의 꼴이 떠올랐다.

"칠십 줄에 든 늙은이가 태 맞고 실길 바라갔소? 난 아무케 되든 노형들이나."

　그는 이 말을 채 맺지 못하고 초연히 간수에게 끌려 나갔다. 그리고 그를 내어쫓은 장본인은 이 나였었다.
　나의 머리는 더욱 숙여졌다. 멀거니 뜬 준에서는 눈물이 나오려 하였다. 나는 그것을 막으려고 힘껏 감았다. 힘있게 닫힌 눈은 떨렸다.

5장

배따라기

좋은 일기이다.

좋은 일기라도, 하늘에 구름 한 점 없는 우리 '사람'으로서는 감히 접근 못 할 위엄을 가지고, 높이서 우리 조고만 '사람'을 비웃는 듯이 내려다보는, 그런 교만한 하늘은 아니고, 가장 우리 '사람'의 이해자인 듯이 낮추 뭉글뭉글 엉기는 분홍빛 구름으로서 우리와 서로 손목을 잡자는 그런 하늘이다. 사랑의 하늘이다.

나는, 잠시도 멎지 않고 푸른 물을 황해로 부어 내리는 대동강을 향한, 모란봉 기슭 새파랗게 돋아나는 풀 위에 뒹굴고 있었다.

이날은 삼월 삼질, 대동강에 첫 뱃놀이하는 날이다. 까맣게 내려다보이는 물 위에는, 결결이 반짝이는 물결을 푸른 놀잇배들이 타고 넘으며, 거기서는 봄향기에 취한 형형색색의 선율이, 우단보다도 부드러운 봄공기를 흔들면서 날아온다. 그러고 거기서 기생들의 노래와 함께 날아오는 조선 아악(雅樂)은 느리게, 길게, 유창하게, 부드럽게, 그러고 또 애처롭게, 모든 봄의 정다움과 끝까지 조화하지 않고는 안 두겠다는 듯이, 대동강에 흐르는 시커먼 봄물, 청류벽에 돋아나는 푸르른 풀어음, 심지어 사람의 가슴속에 봄에 뛰노는 불붙는 핏줄기까지라도, 습기 많은 봄공기를 다리 놓고 떨리지 않고는 두지 않는다.

봄이다. 봄이 왔다.

부드럽게 부는 조고만 바람이, 시커먼 조선 솔을 꿰며, 또는 돋아나는 풀을 슬치고 지나갈 때의 그 음악은, 다른 데서는 듣지 못할 아름다운 음악이다.

아아, 사람을 취케 하는 푸르른 봄의 아름다움이여! 열다섯 살부터의 동경(東京) 생활에, 마음껏 이런 봄을 보지 못하였던 나는, 늘 이것을 보는 사람보다 곱 이상의 감명을 여기서 받지 않을 수 없다.

평양성 내에는, 겨우 툭툭 터진 땅을 헤치면 파릇파릇 돋아나는 나무새기와 돋아나려는 버들의 어음으로 봄이 온 줄 알 뿐 아직 완전히 봄이 안 이르렀지만, 이 모란봉 일대와 대동강을 넘어 보이는 가나안 옥토를 연상시키는 장림(長林)에는 마음껏 봄의 정다움이 이르렀다.

그러고 또 꽤 자란 밀보리들로 새파랗게 장식한 장림의 그 푸른 빛. 만족한 웃음을 띠고 그 벌에 서서 내다보는 농부의 모양은 보지 않아도 생각할 수가 있다.

구름은 자꾸 하늘을 날아다니는 모양이다. 그 밀 위에 비치었던 구름의 그림자는 그 구름과 함께 저편으로 물러가며, 거기는 세계를 아까 만들어 놓은 것 같은 새로운 녹빛이 퍼져 나간다. 바람이나 조곰 부는 때는 그 잘 자란 밀들은 물결같이 누웠다 일어났다

일록일청(一綠一靑)으로 춤을 춘다. 그리고 봄의 한가함을 찬송하는 솔개들은, 높은 하늘에서 동그라미를 그리면서 더욱더 아름다운 봄에 향기로운 정취를 더한다.

"다스한 봄정에 솟아나리다. 다스한 봄정에 솟아나리다."

나는 두어 번 소리나게 읊은 뒤에 담배를 붙여 물었다. 담뱃내는 무럭무럭 하늘로 올라간다.

하늘에도 봄이 왔다.

하늘은 낮았다. 모란봉 꼭대기에 올라가면 넉넉히 만질 수가 있으리만큼 하늘은 낮다.

그리고 그 낮은 하늘보담은 오히려 더 높이 있는 듯한 분홍빛 구름은 뭉글뭉글 엉기면서 이리저리 날아다닌다.

나는 이러한 아름다운 봄 경치에 이렇게 마음껏 봄의 속삭임을 들을 때는 언제든 유토피아를 아니 생각할 수 없다. 우리가 시시각각으로 애를 쓰며 수고하는 것은, 그 목적은 무엇인가. 역시 유토피아 건설에 있지 않을까. 유토피아를 생각할 때는 언제든 그 '위대한 인격의 소유자'며 '사람의 위대함을 끝까지 즐긴' 진나라 시황(秦始皇)을 생각지 않을 수 없다.

우리가 어찌하면 죽지를 아니할까 하여, 소년 삼백을 배에 태워 불사약을 구하려 떠나 보내며, 예술의 사치를 다하여 아방궁을 지으며, 매일 신하 몇 천 명과 잔치로써 즐기며, 이리하여 여기 한 유토피아를 세우려던 시황은, 몇 만의 역사가가 어떻다고 욕을 하든, 그는 참말로 인생의 향락자이며 역사 이후의 제일 큰 위인이라고 할 수가 있다.

그만한 순전한 용기 있는 사람이 있고야 우리 인류의 역사는 끝이 날지라도 한 '사람'을 가졌었다고 할 수 있다.

"큰사람이었었다."

하면서 나는 머리를 흔들었다.

이때다, 기자묘 근처에서 무슨 슬픈 음률이 봄 공기를 진동시키며 날아오는 것이 들렸다.

나는 무심코 귀를 기울였다.

'영유 배따라기'다. 그것도 웬만한 광대나 기생은 발꿈치에도 밎지 못하리만큼, 그만큼 그 배따라기의 주인은 잘 부르는 사람이었다.

비나이다, 비나이다.
산천후토 일월성신 하나님전 비나이다.
실낱 같은 우리 목숨 살려 달라 비나이다.

에─야, 어그여지야.

여기까지 이르렀을 때에 저편 아래 물에서 장고(長
鼓) 소리와 함께 기생의 노래가 울리어 오며 배따라기는
그만 안 들리게 되었다.

나는 이 년 전 한여름을 영유서 지내 본 일이 있다.
배따라기의 본고장인 영유를 몇 달 있어 본 사람은 그
배따라기에 대하여 언제든 한 속절없는 애처로움을 깨달
을 것이다.

영유, 이름은 모르지만 x산에 올라가서 내다보면 앞
은 망망한 황해이니, 그곳 저녁때의 경치는 한번 본 사람
은 영구히 잊을 수가 없으리라. 불덩이 같은 커다란 시뻘
건 해가 남실남실 넘치는 바다에 도로 빠질 듯 도로 솟
아오를 듯 춤을 추며, 거기서 때때로 보이지 않는 배에서
'배따라기'만 슬프게 날아오는 것을 들을 때엔 눈물 많
은 나는 때때로 눈물을 흘렸다. 이로 보아서, 어떤 원의
아내가 자기의 모든 영화를 낡은 신같이 내어던지고 뱃
사람과 정처없는 물길을 떠났다 함도 믿지 못할 말이랄
수가 없다.

영유서 돌아온 뒤에도 그 '배따라기'는 내 마음에 깊이 새기어져 잊으려야 잊을 수가 없었고, 언제 한번 다시 영유를 가서 그 노래를 한번 더 들어 보고 그 경치를 다시 한번 보고 싶은 생각이 늘 떠나지를 않았다.

        *

장고 소리와 기생의 노래는 멎고 배따라기만 구슬프게 날아온다. 결결이 부는 바람으로 말미암아 때때로는 들을 수가 없으되, 나의 기억과 곡조를 종합하여 들은 배따라기는 이 대목이다.

강변에 나왔다가
나를 보더니만
혼비백산하여
꿈인지 생시인지
와르륵 달려들어
섬섬옥수로 부쳐잡고
호천망극하는 말이
하늘로서 떨어지며
땅으로서 솟아났나

바람결에 묻어 오고
구름길에 쌔여 왔나
이리 서로 붙들고 울음 울 제
인리 제인이며
일가 친척이 모두 모여

　여기까지 들은 나는 마침내 참지 못하고 벌떡 일어
서서 소나무 가지에 걸었던 모자를 내려 쓰고, 그곳을 찾
으러 모란봉 꼭대기에 올라섰다. 꼭대기는 좀 더 노랫소
리가 잘 들린다. 그는, 배따라기의 맨 마지막, 여기를 부
른다.

밥을 빌어서
죽을 쑬지라도
제발 덕분에
뱃놈 노릇은 하지 마라
에—야 어그여지야

　그의 소리로써 방향을 찾으려던 나는 그만 그 자리
에 섰다.

"어딘가? 기자묘? 혹은 을밀대(乙密臺)?"

그러나 나는 오래 서 있을 수가 없었다. 어떻든 찾아보자 하고, 현무문으로 가서 문 밖에 썩 나섰다. 기자묘의 깊은 솔밭은 눈앞에 좍 퍼진다.

"어딘가?"

나는 또 물어 보았다.

이때에 그는 또다시 배따라기를 시초부터 부른다. 그 소리는 왼편에서 온다.

왼편이구나 하면서, 소리나는 곳을 더듬어서 소나무 틈으로 한참 돌다가, 겨우, 기자묘치고는 그중 하늘이 넓고 밝은 곳에 혼자서 뒹굴고 있는 그를 찾아내었다. 나의 생각한 바와 같은 얼굴이다. 얼굴, 코, 입, 눈, 몸집이 모두 네모나고 그의 이마의 굵은 주름살과 시커먼 눈썹은 고생 많이 함과 순진한 성격을 나타낸다.

그는 어떤 신사가 자기를 들여다보는 것을 보고 노래를 그치고 일어나 앉는다.

"왜? 그냥 하지요."

하면서 나는 그의 곁에 가 앉았다.

"머."

할 뿐 그는 눈을 들어서 터진 하늘을 쳐다본다.

좋은 눈이었다. 바다의 넓고 큼이 유감없이 그의 눈에 나타나 있다. 그는 뱃사람이라 나는 짐작하였다.

"고향이 영유요?"

"예, 머, 영유서 나기는 했디만 한 이십 년 영윤 가보디두 않았시요."

"왜, 이십 년씩 고향엘 안 가요?"

"사람의 일이라니 마음대로 됩데까?"

그는, 왜 그러는지, 한숨을 짓는다.

"거저, 운명이 데일 힘셉디다."

운명의 힘이 제일 세다는 그의 소리는 삭이지 못할 원한과 뉘우침이 섞여 있다.

"그래요?"

나는 다만 그를 건너다볼 뿐이다.
한참 잠잠하니 있다가 나는 다시 말하였다.

"자, 노형의 경험담이나 한번 들어 봅시다. 감출 일이 아니면 한번 이야기해 보소."
"머, 감출 일은."
"그럼, 어디 들어 봅시다. 그려."

그는 다시 하늘을 쳐다보았다. 그러나 좀 있다가,

"하디요."

하면서 내가 담배를 붙이는 것을 보고 자기도 담배를 붙여 물고 이야기를 꺼낸다.

"닞히디두 않는 십구 년 전 팔월 열하룻날 일인데요."

하면서 그가 이야기한 바는 대략 이와 같은 것이다.

*

그의 살던 마을은 영유 고을서 한 이십 리 떠나 있는, 바다를 향한 조고만 어촌이다.

그의 살던 조고만 마을(서른 집쯤 되는)에서는 그는 꽤 유명한 사람이었다.

그의 부모는 모두 열댓 세 났을 때 돌아갔고, 남은 사람이라고는 곁집에 딴살림하는 그의 아우 부처와 그자기 부처뿐이었다. 그들 형제가 그 마을에서 제일 부자이고 또 제일 고기잡이를 잘하였고 그중 글이 있었고 배 따라기도 그 마을에서 빼나게 그 형제가 잘 불렀다. 말하자면 그 형제가 그 동네의 대표적 사람이었다.

팔월 보름은 추석 명절이다. 팔월 열하룻날 그는 명절에 쓸 장도 볼 겸, 그의 아내가 늘 부러워하는 거울도 하나 사올 겸, 장으로 향하였다.

"당손네 집에 있는 것보다 큰 것이요. 닞디 말구요."

그의 아내는 길까지 따라 나오면서 잊지 않도록 부탁하였다.

"안 닞어."

하면서 그는 떠오르는 새빨간 햇빛을 앞으로 받으면서 자기 마을을 나섰다.

그는 아내를 (이렇게 말하기는 우습지만) 고와했다. 그의 아내는 촌에는 드물도록 연연하고도 예쁘게 생겼다. (그는 나에게 이렇게 말하였다.)

"성내(평양) 덴줏골(갈보촌)을 가두 그만한 거 쉽디 않갔시요."

그러니까 촌에서는, 그리고 그 당시에는 남에게 우습게 보이도록 그 내외의 새는 좋았다.

늙은이들은 계집에게 혹하지 말라고 흔히 그에게 권고하였다.

부처의 새는 좋았지만 아니 오히려 좋으므로 그는 아내에게 샘을 많이 하였다.

그러고 그의 아내는 시기를 받을 일을 많이 하였다. 품행이 나쁘다는 것이 아니라, 그의 아내는 대단히 천진스럽고 쾌활한 성질로서 아무에게나 말 잘 하고 애교를 잘 부렸다.

그 동네에서는 무슨 명절이나 되면, 집이 그중 정결함을 핑계삼아 젊은이들은 모두 그의 집에 모이고 하였다. 그 젊은이들은 모두 그의 아내에게 '아즈마니'라 부르고, 그의 아내는 '아즈바니 아즈바니' 하며 그들과 지껄이고 즐기며, 그 웃기 잘 하는 입에는 늘 웃음을 흘리고 있었다. 그럴 때마다 그는 한편 구석에서 눈만 힐근거리며 있다가 젊은이들이 돌아간 뒤에는 불문곡직하고 아내에게 덤벼들어 발길로 차고 때리며, 이전에 사다 주었던 것을 모두 걷어올린다. 싸움을 할 때에는 언제든 곁집에 있는 아우 부처가 말리러 오며, 그렇게 되면 언제든 그는 아우 부처까지 때려 주었다.

그가 아우에게 그렇게 구는 데는 이유가 있었다. 그의 아우는, 시골 사람에게는 쉽지 않도록 늠름한 위엄이 있었고, 맨날 바닷바람을 쏘였지만 얼굴이 희었다. 이것뿐으로도 시기가 된다 하면 되지만, 특별히 아내가 그의 아우에게 친절히 하는 데는, 그는 속이 끓어 못 견디었다.

그가 영유를 떠나기 반 년 전쯤. 다시 말하자면 그가 거울을 사러 장에 갈 때부터 반년 전쯤 그의 생일날이었다. 그의 집에서는 음식을 차려서 잘 먹었는데, 그에게는 괴상한 버릇이 있었으니, 맛있는 음식은 남겨 두었다가 좀 있다 먹고 하는 것이 습관이었다.

그의 아내도 이 버릇은 잘 알 터인데 그의 아우가 점심때쯤 오니까, 아까 그가 아껴서 남겨 두었던 그 음식을 아우에게 주려 하였다. 그는 눈을 부릅뜨고 '못 주리라'고 암호하였지만 아내는 그것을 보았는지 못 보았는지 그의 아우에게 주어 버렸다. 그는 마음속이 자못 편치 못하였다. '트집만 있으면 이년을' 그는 마음먹었다.

그의 아내는 시아우에게 상을 준 뒤에 물러오다가 그만 그의 발을 조금 밟았다.

"이년!"

그는 힘껏 발을 들어서 아내를 냅다 찼다. 그의 아내는 상 위에 거꾸러졌다가 일어난다.

"이년, 사나이 발을 짓밟는 년이 어디 있어!"

"거 좀 밟아서 발이 부러졌쉐까?"

아내는 낯이 새빨개져서 울음 섞인 소리로 고함친다.

"이년! 말대답이."

그는 일어서서 아내의 머리채를 휘어잡았다.

"형님! 왜 이리십니까."

아우가 일어서면서 그를 붙잡았다.

"가만있거라, 이놈의 자식."

하며 그는 아우를 밀친 뒤에 아내를 되는 대로 내리 쪘었다.

"죽일 년, 이년! 나가거라!"

"죽에라, 죽에라! 난, 죽어도 이 집에선 못 나가!"

"못 나가?"

"못 나가디 않구. 뉘 집이게."

이때다. 그의 마음에는 그 '못 나가겠다'는 아내의 마음이 푹 들이 박혔다. 그 이상 때리기가 싫었다. 우두커니 눈만 흘기고 있다가 그는,

"망할 년, 그럼 내가 나갈라."

하고 그만 문 밖으로 뛰어나와서,

"형님, 어디 갑니까."

하는 아우의 말에는 대답도 안 하고, 곁동네 탁주집으로 뒤도 안 돌아보고 가서, 거기 있는 술 파는 계집과 술상 앞에 마주 앉았다.

그날 저녁 얼근히 취한 그는 아내를 위하여 떡을 한 돈 어치 사가지고 집으로 돌아왔다.

이리하여 또 서너 달은 평화가 이르렀다. 그러나 이 평화가 언제까지든 계속될 수가 없었다. 그의 아우로 말

미암아 또 평화는 쪼개져 나갔다.

오월 초승부터 영유 고을 출입이 잦던 그의 아우는, 오월 그믐께부터는 고을서 며칠씩 묵어 오는 일이 많았다. 함께, 고을에 첩을 얻어두었다는 소문이 퍼졌다. 이 소문이 있은 뒤는 아내는 그의 아우가 고을 들어가는 것을 벌레보다도 더 싫어하고, 며칠 묵어나 오는 때면 곧 아우의 집으로 가서 그와 담판을 하며 심지어 동서 되는 아우의 처에게까지 못 가게 하지 않는다고 싸우는 일이 있었다. 칠월 초승께 그의 아우는 고을에 들어가서 열흘쯤 묵어 온 일이 있었다. 이때도 전과 같이 그의 아내는 그의 아우며 제수와 싸우다 못하여, 마침내 그에게까지 와서 아우가 그런 못된 데를 다니는 것을 그냥 둔다고, 해보자 한다. 그 꼴을 곱게 보지 않았던 그는 첫마디로 고함을 쳤다.

"네게 상관이 무에가? 듣기 싫다."
"못난둥이. 아우가 그런 델 댕기는 걸 말리디두 못하구!"

분김에 이렇게 그의 아내는 고함쳤다.

"이년, 무얼?"

그는 벌떡 일어섰다.

"못난둥이!"

그 말이 채 끝나기 전에 그의 아내는 악 소리와 함께 그 자리에 거꾸러졌다.

"이년! 사나이에게 그따윗말버릇 어디서 배완!"
"에미네 때리는 건 어디서 배왔노! 못난둥이."

그의 아내는 울음 소리로 부르짖었다.

"샹년 그냥? 나갈, 우리집에 있디 말구 나갈."

그는 내리찧으면서 부르짖었다. 그리고 아내를 문을 열고 밀쳤다.

"나가디 않으리!"

하고 그의 아내는 울면서 뛰어나갔다.

"망할년!"

토하는 듯이 중얼거리고 그는 그 자리에 주저앉았다.

그의 아내는 해가 져서 어두워져도 돌아오지 않았다. 일단 내어쫓기는 하였지만 그는 아내의 돌아옴을 기다리고 있었다. 어두워져서도 그는 불도 안 켜고 성이 나서 우들우들 떨면서 아내의 돌아오기를 기다렸다. 그러나 그의 아내의 참 기쁜 듯이 웃는 소리가 그의 아우의 집에서 밤새도록 울리었다. 그는 움쩍도 안 하고 그 자리에 앉아서 밤을 새운 뒤에, 새벽 동터 올 때 아내와 아우를 죽이려고 부엌에 가서 식칼을 가지고 들어와서 문을 벌컥 열었다.

그의 아내로서 만약 근심스러운 얼굴을 하고 그 문밖에 우두커니 서서 문을 들여다보고 있지 않았다면, 그는 아내와 아우를 죽이고야 말았으리라.

그는 아내를 보는 순간 마음에 가득 차는 사랑을 깨달으면서, 칼을 내던지고 뛰어나가서 아내의 머리채를 휘어잡고, 이년 하면서 들어와서 뺨을 물어뜯으면서 함께 이리저리 자빠져서 뒹굴었다.

그런 이야기를 다 하려면 끝이 없으되 다만 '그' '그의 아내' '그의 아우' 세 사람의 삼각관계는 대략 이와 같았다.

각설.

거울은 마침 장에 마음에 맞는 것이 있었다. 지금 것과 대보면 어떤 때는 코도 크게 보이고 입이 작게도 보이는 것이지만, 그 당시에는, 그리고 그런 촌에서는 둘도 없는 귀물이었다.

거울을 사가지고 장을 본 뒤에 그는 이 거울을 아내에게 주면 그 기뻐할 모양을 생각하며, 새빨간 저녁 햇빛을 받는 넘치는 듯한 바다를 안고, 자기 집으로, 늘 들러오던 탁주집에도 안 들러서 돌아왔다.

그러나 그가 그의 집 방 안에 들어설 때에는 뜻도 안 하였던 광경이 그의 눈에 벌이어 있었다.

방 가운데는 떡상이 있고, 그의 아우는 수건이 벗어져서 목 뒤로 늘어지고 저고리 고름이 모두 풀어져 가지고 한편 모퉁이에 서 있고, 아내도 머리채가 모두 뒤로 늘어지고 치마가 배꼽 아래 늘어지도록 되어 있으며, 그의 아내와 아우는 그를 보고 어찌할 줄을 모르는 듯이 움쩍도 안 하고 서 있었다.

세 사람은 한참 동안 어이가 없어서 서 있었다. 그러나 좀 있다가 마침내 그의 아우가 겨우 말했다.

"그놈의 쥐 어디 갔니?"
"흥! 쥐? 훌륭한 쥐 잡댔구나!"

그는 말을 끝내지도 않고 짐을 벗어던지고 뛰어가서 아우의 멱살을 그러잡았다.

"형님! 정말 쥐가."
"쥐? 이놈! 형수하고 그런 쥐 잡는 놈이 어디 있니?"

그는 아우를 따귀를 몇 대 때린 뒤에 등을 밀어서 문 밖에 내어던졌다. 그런 뒤에 이제 자기에게 이를 매를 생각하고 우들우들 떨면서 아랫목에 서 있는 아내에게 달려들었다.

"이년! 시아우와 그런 쥐 잡는 년이 어디 있어!"

그는 아내를 거꾸러뜨리고 함부로 내리찧었다.

"정말 쥐가. 아이 죽겠다."
"이년! 너두 쥐? 죽어라!"

그의 팔다리는 함부로 아내의 몸 위에 오르내렸다.

"아이, 죽갔다. 정말 아까 적으니(시아우)가 왔기에 떡 먹으라구 내놓았더니."
"듣기 싫다! 시아우 붙은 년이, 무슨 잔소릴."
"아이, 아이, 정말이야요. 쥐가 한 마리 나."
"그냥 쥐?"
"쥐 잡을래다가."
"상년! 죽어라! 물에래두 빠데 죽얼!"

그는 실컷 때린 뒤에, 아내도 아우처럼 등을 밀어 내어쫓았다. 그 뒤에 그의 등으로,

"고기 배때기에 장사해라!"

하고 토하였다.

분풀이는 실컷 하였지만, 그래도 마음속이 자못 편치 못하였다. 그는 아랫목으로 가서 바람벽을 의지하고 실신한 사람같이 우두커니 서서 떡상만 들여다보고 있었다.

한 시간. 두 시간.

서편으로 바다를 향한 마을이라 다른 곳보다는 늦게 어둡지만, 그래도 술시(戌時)쯤 되어서는 깜깜하니 어두웠다. 그는 불을 켜려고 바람벽에서 떠나서 성냥을 찾으러 돌아갔다.

성냥은 늘 있던 자리에 있지 않았다. 그래서 여기저기 뒤적이노라니까, 어떤 낡은 옷뭉치를 들칠 때에 문득 쥐 소리가 나면서 무엇이 후덕덕 뛰어나온다. 그리하여 저편으로 기어서 도망한다.

"역시 쥐댔구나."

그는 조그만 소리로 부르짖었다. 그리고 그만 그 자리에 맥없이 덜썩 주저앉았다.

아까 그가 보지 못한 때의 광경이 활동사진과 같이 그의 머리에 지나갔다.

아우가 집에를 온다. 아우에게 친절한 아내는 떡을 먹으라고 아우에게 떡상을 내놓는다.

그때에 어디선가 쥐가 한 마리 뛰어나온다. 둘(아우와 아내)이서는 쥐를 잡노라고 돌아간다. 한참 성화시키던 쥐는 어느 구석에 숨어 버린다. 그들은 쥐를 찾느라고 뒤룩거린다. 그럴 때에 그가 집에 들어선 것이다.

"샹년, 좀 있으믄 안 들어오리."

그는 억지로 마음먹고 그 자리에 드러누웠다.

그러나 아내는 밤이 가고 날이 밝기는커녕 해가 중천에 올라도 돌아오지를 않았다. 그는 차차 걱정이 나서 찾아보러 나섰다.

아우의 집에도 없었다. 동네를 모두 찾아보아도 본 사람도 없다 한다.

그리하여, 낮쯤 한 삼사 리 내려가서 바닷가에서 겨우 아내를 찾기는 찾았지만 그 아내는 이전 같은 생기로 찬 산 아내가 아니요, 몸은 물에 불어서 곱이나 크게 되고, 이전에 늘 웃음을 흘리던 예쁜 입에는 거품을 잔뜩 문, 죽은 아내였다.

그는 아내를 업고 집으로 돌아오기까지 정신이 없었다.

이튿날 간단하게 장사를 하였다. 뒤에 따라오는 아우의 얼굴에는,

"형님, 이게 웬일이오니까."

하는 듯한 원망이 있었다.

장사를 지낸 이튿날부터 아우는 그 조그만 마을에서 없어졌다. 하루 이틀은 심상히 지냈지만, 닷새 엿새가 지나도 아우는 돌아오지 않았다. 그래서 알아보니까, 꼭 그의 아우같이 생긴 사람이 오륙 일 전에 멧산자 보따리를 하여 진 뒤에 시뻘건 저녁해를 등으로 받고 더벅더벅 동쪽으로 가더라 한다. 그리하여 열흘이 지나고 스무 날이 지났지만 한번 떠난 그의 아우는 돌아올 길이 없고, 혼자 남은 아우의 아내는 매일 한숨으로 세월을 보내게 되었다.

그도 이것을 잠자코 보고 있을 수가 없었다. 그 불행

의 모든 죄는 죄 그에게 있었다.

그도 마침내 뱃사람이 되어, 적으나마 아내를 삼킨 바다와 늘 접근하며 가는 곳마다 아우의 소식을 알아보려고, 어떤 배를 얻어 타고 물길을 나섰다.

그는 가는 곳마다 아우의 이름과 모습을 말하여 물었으나, 아우의 소식은 알 수가 없었다.

이리하여 꿈결같이 십 년을 지내서 구 년 전 가을, 탁탁히 낀 안개를 꿰며 연안(延安) 바다를 지나가던 그의 배는, 몹시 부는 바람으로 말미암아 파선을 하여, 벗 몇 사람은 죽고, 그는 정신을 잃고 물 위에 떠돌고 있었다.

그가 겨우 정신을 차린 때는 밤이었었다. 그리고 어느덧 그는 뭍 위에 올라와 있었고 그를 말리느라고 새빨갛게 피워 놓은 불빛으로 자기를 간호하는 아우를 보았다.

그는 이상히도 놀라지도 않고 천연하게 물었다.

"너, 어떻게 여기 완?"

아우는 잠자코 한참 있다가 겨우 대답하였다.

"형님, 거저 다 운명이외다."

따뜻한 불기운에 깜빡 잠이 들려다가 그는 화닥닥 깨면서 또 말했다.

"십 년 동안에 되게 파랬구나."
"형님, 나두 변했거니와 형님두 몹시 늙으셨쉐다."

이 말을 꿈결같이 들으면서 그는 또 혼혼히 잠이 들었다. 그리하여 두어 시간, 꿀보다도 단 잠을 잔 뒤에 깨어 보니, 아까같이 새빨간 불은 피어 있지만 아우는 어디로 갔는지 없어졌다. 곁엣사람에게 물어보니까, 아우는 형의 얼굴을 물끄러미 한참 들여다보고 있다가 새빨간 불빛을 등으로 받으면서 터벅터벅 아무 말 없이 어둠 가운데로 스러졌다 한다.

이튿날 아무리 알아보아야 그의 아우는 종적이 없어지고 알 수 없으므로 그는 하릴없이 다른 배를 얻어 타고 또 물길을 떠났다. 그리하여 그의 배가 해주에 이르렀을 때, 그는 해주 장에 들어가서 무엇을 사려다가 저편 맞은편 가게에 걸핏 그의 아우 같은 사람이 있으므로 뛰어가서 보니 그는 벌써 없어졌다. 배가 해주에는 오래 머물지 않으므로 그의 마음은 해주에 남겨 두고 또다시 바닷길을 떠났다.

그 뒤 삼 년을 이리저리 돌아다녔어도 아우는 다시 볼 수가 없었다.

그리하여 삼 년을 지내서 지금부터 육 년 전에, 그의 탄 배가 강화도를 지날 때에, 바다를 향한 가파로운 뫼켠에서 바다를 향하여 날아오는 '배따라기'를 들었다. 그것도 어떤 구절과 곡조는 그의 아우 특식으로 변경된, 그의 아우가 아니면 부를 사람이 없는, 그 '배따라기'이다.

배가 강화도에는 머무르지 않아서 그저 지나갔으나, 인천서 열흘쯤 머무르게 되었으므로, 그는 곧 내려서 강화도로 건너가 보았다. 거기서 이리저리 찾아다니다가 어떤 조그만 객주집에서 물어 보니, 이름도 그의 아우요 생긴 모습도 그의 아우인 사람이 묵어 있기는 하였으나, 사나흘 전에 도로 인천으로 갔다 한다. 그는 곧 돌아서서, 인천으로 건너와서 찾아보았지만, 그 조그만 인천서도 그의 아우를 찾을 바가 없었다.

그 뒤에 눈 오고 비 오며 육 년이 지났지만, 그는 다

시 아우를 만나 보지 못하고 아우의 생사까지도 알 수
가 없다.

*

말을 끝낸 그의 눈에는 저녁해에 반사하여 몇 방울
의 눈물이 반득인다.

나는 한참 있다가 겨우 물었다.

"노형 계수는?"

"모르디요. 이십 년을 영유는 안 가봤으니깐요."

"노형은 이제 어디루 갈 테요?"

"것두 모르디요. 덩처가 있나요? 바람 부는 대로 몰
려댕기디요."

그는 다시 한번 나를 위하여 배따라기를 불렀다. 아
아, 그 속에 잠겨 있는 삭이지 못할 뉘우침, 바다에 대한
애처로운 그리움.

노래를 끝낸 다음에 그는 일어서서 시뻘건 저녁해를
잔뜩 등으로 받고 을밀대로 향하여 더벅더벅 걸어간다.
나는 그를 말릴 힘이 없어서 멀거니 그의 등만 바라보고

앉아 있었다.

그날 밤, 집에 돌아와서도 그 배따라기와 그의 숙명적 경험담이 귀에 쟁쟁히 울리어서 잠을 못 이루고, 이튿날 아침 깨어서 조반도 안 먹고 기자묘로 뛰어가서 또 다시 그를 찾아보았다. 그가 어제 깔고 앉았던, 풀은 모두 한편으로 누워서 그가 다녀감을 기념하되, 그는 그 근처에 보이지 않았다. 그러나, 그러나 배따라기는 어디선가 쟁쟁히 울리어서 모든 소나무들을 떨리지 않고는 안 두겠다는 듯이 날아온다.

"모란봉(牧丹峰)이다. 모란봉에 있다."

하고 나는 한숨에 모란봉으로 뛰어갔다. 모란봉에는 사람이 하나도 없다.

부벽루(浮壁樓)에도 없다.

"을밀대다."

하고 나는 다시 을밀대로 갔다. 을밀대에서 부벽루를 연한, 지옥까지 연한 듯한 골짜기에 물 한 방울을 안

새이리라고 빽빽히 난 소나무의 그 모든 잎잎은 떨리는 배따라기를 부르고 있지만, 그는 여기도 있지 않다. 기자묘의, 하늘을 향하여 퍼져 나간 그 모든 소나무의 천만의 잎잎도, 그 아래쪽 퍼진 천만의 풀들도, 모두 그 배따라기를 슬프게 부르고 있지만, 그는 이 조고만 모란봉 일대에서 찾을 수가 없었다.

강가에 나가서 알아보니 그의 배는 오늘 새벽에 떠났다 한다.

그 뒤에 여름과 가을이 가고 일년이 지나서 다시 봄이 이르렀으되, 잠깐 평양을 다녀간 그는 그 숙명적 경험담과 슬픈 배따라기를 남겨 두었을 뿐, 다시 조고만 모란봉에 나타나지 않는다.

모란봉과 기자묘에 다시 봄이 이르러서, 작년에 그가 깔고 앉아서 부러졌던 풀들도 다시 곧게 대가 나서 자줏빛 꽃이 피려 하지만, 끝없는 뉘우침을 다만 한낱 '배따라기'로 하소연하는 그는, 이 조고만 모란봉과 기자묘에서 다시 볼 수가 없었다. 다만 그가 남기고 간 '배따라기'만 추억하는 듯이 기념하는 듯이 모든 잎잎이 속삭이고 있을 따름이다.

6장

붉은 산

- 어떤 의사의 수기 -

　그것은 여(余 : 성씨나 이름이 아닌 '나'라는 뜻의 한자어 일인칭 대명사 - 편집자 주)가 만주를 여행할 때 일이었다. 만주의 풍속도 좀 살필 겸 아직껏 문명의 세례를 받지 못한 그들의 사이에 퍼져 있는 병(病)을 조사할 겸해서 일년의 기한을 예산하여 가지고 만주를 시시콜콜이 다 돌아온 적이 있었다. 그때에 ××촌이라 하는 조그만 촌에서 본 일을 여기에 적고자 한다.

　××촌은 조선사람 소작인만 사는 한 이십여 호 되는 작은 촌이었다. 사면을 둘러보아도 한개의 산도 볼 수가 없는 광막한 만주의 벌판 가운데 놓여 있는 이름도 없는

167

작은 촌이었다. 몽고사람 종자(從者)를 하나 데리고 노새를 타고 만주의 촌촌을 돌아다니던 여가 그 xx촌에 이른 때는 가을도 다 가고 어느덧 광포한 북극의 겨울이 만주를 찾아온 때였다.

만주의 어느 곳이나 조선사람이 없는 곳은 없지만 이러한 오지(奧地)에서 한 동네가 죄 조선 사람뿐으로 되어 있는 곳을 만나니 반가왔다. 더구나 그 동네는 비록 모두가 만주국인의 소작인이라 하나, 사람들이 비교적 온량하고 정직하여, 장성한 이들은 그래도 모두 천자문 한 권쯤은 읽은 사람이었다.

살풍경한 만주, 그 가운데서 살풍경한 살림을 하는 만주국인이며 조선사람의 동네를 근 일년이나 돌아다니다가 비교적 평화스런 이런 동네를 만나면, 그것이 비록 외국인의 동네라 하여도 반갑겠거늘, 하물며 우리 같은 동족임에랴. 여는 그 동네에서 한 십여 일 이상을 일없이 매일 호별 방문을 하며 그들과 이야기로 날을 보내며, 오래간만에 맛보는 평화적 기분을 향락하고 있었다.

'삵'이라는 별명을 가지고 있는 '정익호'라는 인물을

본 것이 여기서이다.

익호라는 인물의 고향이 어디인지는 ××촌에서 아무도 몰랐다. 사투리로 보아서 경기 사투리인 듯하지만 빠른 말로 재재거리는 때에는 영남 사투리가 보일 때도 있고, 싸움이라도 할 때는 서북 사투리가 보일 때도 있었다. 그런지라 사투리로서 그의 고향을 짐작할 수가 없었다. 쉬운 일본말도 알고, 한문글자도 좀 알고, 중국말은 물론 꽤 하고, 쉬운 러시아말도 할 줄 아는 점 등등, 이곳저곳 숱하게 줏어먹은 것은 짐작이 가지만 그의 경력을 똑똑히 아는 사람은 없었다.

그는 여(余)가 ××촌에 가기 일년 전쯤 빈손으로 이웃이라도 오듯 후덕덕 ××촌에 나타났다 한다. 생김생김으로 보아서 얼굴이 쥐와 같고 날카로운 이빨이 있으며 눈에는 교활함과 독한 기운이 늘 나타나 있으며, 발룩한 코에는 코털이 밖으로까지 보이도록 길게 났고, 몸집은 작으나 민첩하게 되었고, 나이는 스물 다섯에서 사십까지임의로 볼 수 있으며, 그 몸이나 얼굴 생김이 어디로 보든 남에게 미움을 사고 근접치 못할 놈이라는 느낌을 갖게 한다.

그의 장기(長技)는 투전이 일쑤며, 싸움 잘하고, 트집 잘 잡고, 칼부림 잘하고, 색시에게 덤벼들기 잘하는 것이라 한다.

생김생김이 벌써 남에게 미움을 사게 되었고, 거기다 하는 행동조차 변변치 못한 일만이라, xx촌에서도 아무도 그를 대척하는 사람이 없었다. 사람들은 모두 그를 피하였다.

집이 없는 그였으나 뉘 집에 잠이라도 자러 가면 그 집 주인은 두말 없이 다른 방으로 피하고 이부자리를 준비하여주고 하였다. 그러면 그는 이튿날 해가 낮이 되도록 실컷 잔 뒤에 마치 제 집에서 일어나듯 느직이 일어나서 조반을 청하여 먹고는 한마디의 사례도 없이 나가버린다.

그리고 만약 누구든 그의 이 청구에 응치 않으면 그는 그것을 트집으로 싸움을 시작하고, 싸움을 하면 반드시 칼부림을 하였다.

동네의 처녀들이며 젊은 여인들은 익호가 이 동네에 들어온 뒤부터는 마음놓고 나다니지를 못하였다. 철없이 나갔다가 봉변을 당한 사람도 몇이 있었다.

"삵"

이 별명은 누가 지었는지 모르지만 어느덧 xx촌에서는 익호를 익호라 부르지 않고 '삵'이라고 부르게 되었다.

"삵이 뉘 집에서 묵었나?"
"김 서방네 집에서."
"다른 봉변은 없었다나?"
"요행히 없었다네."

그들은 아침에 깨면 서로 인사 대신으로 '삵'의 거취를 알아보고 하였다.

'삵'은 이 동네에는 커다란 암종이었다. '삵' 때문에 아무리 농사에 사람이 부족한 때라도 젊고 튼튼한 몇 사람은 동네의 젊은 부녀를 지키기 위하여 동네 안에 머물러 있지 않을 수가 없었다. '삵' 때문에 부녀와 아이들은 아무리 더운 여름 저녁에라도 길에 나서서 마음놓고 바람을 쏘여보지를 못하였다. '삵' 때문에 동네에서는 닭의 가리며 돼지우리를 지키기 위하여 밤을 새지 않을 수가 없었다.

동네의 노인이며 젊은이들은 몇번을 모여서 '삶'을 이 동리에서 내어쫓기를 의논하였다.

물론 합의는 되었다. 그러나 내어쫓는 데 선착할 사람이 없었다.

"첨지가 선착하면 뒤는 내 담당하마."
"뒤는 걱정 말고 형님 먼저 말해보시오."

제각기 '삶'에게 먼저 달겨들기를 피하였다.

이리하여 동리에서는 합의는 되었으나 '삶'은 그냥 태연히 이 동네에 묵어있게 되었다.

"며늘년들이 조반이나 지었나?"
"손주놈들이 잠자리나 준비했나?"

마치 그 동네의 모두가 자기의 집안인 것같이 '삶'은 마음대로 이집 저집을 드나들었다.

xx촌에서는 사람이라도 죽으면 반드시 조상 대신으로,

"삶이나 죽지 않고."

하는 한마디의 말을 잊지 않고 하였다. 누가 병이라도 나면,

"에익! 이 놈의 병 삵한테로 가거라."

고 하였다.

암종 ─ 누구나 '삵'을 동정하거나 사랑하는 사람이 없었다.

삵도 남의 동정이나 사랑은 벌써 단념한 사람이었다. 누가 자기에게 아무런 대접을 하든 탓하지 않았다. 보이는 데서 보이는 푸대접을 하면 그 트집으로 반드시 칼부림까지 하는 그였지만, 뒤에서 아무런 말을 할지라도 ─ 그리고 그것이 삵의 귀에까지 갈지라도 탓하지 않았다.

"흥."

이 한마디는 그의 가장 큰 처세 철학이었다.

흔히 곁 동네 만주국인들의 투전판에 가서 투전을 하였다. 때때로 두들겨 맞고 피투성이가 되어서 돌아오는 일도 있었다. 그러나 그는 그 하소연을 하는 일이 없었다.

한다 할지라도 들을 사람도 없거니와 - 아무리 무섭게 두들겨 맞은 뒤라도 하루만 샘물에 상처를 씻고 절룩절룩한 뒤에는 또 이튿날은 천연히 나다녔다.

여(余)가 xx촌을 떠나기 전날이었다.

송 첨지라는 노인이 그해 소출을 나귀에 실어 가지고 만주국인 지주가 있는 촌으로 갔다.

그러나 돌아올 때는 송장이 되었다. 소출이 좋지 못하다고 두들겨 맞아서 부러져 꺾어진 송 첨지는 나귀등에 몸이 결박되어서 겨우 xx촌으로 돌아왔다. 그리고 놀란 친척들이 나귀에서 몸을 내릴 때에 절명하였다.

xx촌에서는 왁자하였다.

"원수를 갚자!"

명 아닌 목숨을 끊은 송 첨지를 위하여 동네의 젊은이는 모두 흥분하였다. 제각기 이제라도 들고 일어설 듯하였다.

그러나 그뿐이었다. 누구든 앞장을 서려는 사람이 없었다. 만약 이때에 누구든 앞장을 서는 사람만 있었더면 그들은 곧 그 지주에게로 달려갔을지 모른다. 그러나 제가 앞장을 서겠노라고 나서는 사람은 없었다. 제각기 곁사람을 돌아보았다.

발을 굴렀다. 부르짖었다. 학대받는 인종의 고통을 호소하며 울었다. 그러나 -

그뿐이었다. 남의 일로 지주에게 반항하여 제 밥자리까지 떼우기를 꺼림인지, 용감히 앞서 나가는 사람은 없었다.

여는 의사라는 여의 직업상 송 첨지 시체를 검시를 하였다. 돌아오는 길에 여는 '삶'을 만났다. 키가 작은 '삶'을 여는 내려다보았다. '삶'은 여를 쳐다보았다.

"가련한 인생아. 인종의 거머리야. 가치 없는 인생아. 밥 버러지야. 기생충아!"

여는 '삶'에게 말하였다.

"송 첨지가 죽은 줄 아나?"

여의 말에 아직껏 여를 쳐다보고 있던 '삶'의 얼굴이

아래로 떨어졌다. 그리고 여가 발을 떼려는 순간 얼핏 '삵'의 얼굴에 나타난 비창한 표정을 여는 넘길 수가 없었다.

고향의 떠난 만리 밖에서 학대받는 인종의 가엾음을 생각하고 그 밤은 여도 잠을 못 이루었다. 그 억분함을 호소할 곳도 못 가진 우리의 처지를 생각하고, 여도 눈물을 금치를 못하였다.

이튿날 아침이었다.

여를 깨우러 오는 사람의 소리에 여는 반사적으로 일어났다.

'삵'이 동구(洞口) 밖에서 피투성이가 되어 죽어 있다는 것이었다. 여는 '삵'이라는 말에 눈살을 찌푸렸다. 그러나 의사라는 직업상, 곧 가방을 수습하여 가지고 '삵'이 넘어진 데까지 달려갔다. 송 첨지의 장례식 때문에 모였던 사람 몇은 여의 뒤를 따라왔다.

여는 보았다. '삵'의 허리가 기역자로 뒤로 부러져서 밭고랑 위에 넘어져 있는 것을 여는 달려가 보았다. 아직 약간의 온기는 있었다.

"익호! 익호!"

176

그러나 그는 정신을 못 차렸다. 여는 응급수단을 취하였다. 그의 사지는 무섭게 경련되었다.

이윽고 그가 눈을 번쩍 떴다.

"익호! 정신드나?"

그는 여의 얼굴을 보았다. 끝이 없이 한참을 쳐다보았다. 그의 눈동자가 움직이었다.

겨우 처지를 깨달은 모양이었다.

"선생님, 저는 갔었습니다."
"어디를?"
"그 놈. 지주 놈의 집에."

무얼? 여는 눈물 나오려는 눈을 힘있게 닫았다. 그리고 덥석 그의 벌써 식어가는 손을 잡았다. 잠시의 침묵이 계속되었다. 그의 사지에서는 무서운 경련이 끊임없이 일었다.

그것은 죽음의 경련이었다. 듣기 힘든 그의 작은 소리가 또 그의 입에서 나왔다.

"선생님."

"왜?"

"보고 싶어요. 전 보구 시."

"뭐이?"

그는 입을 움직였다. 그러나 말이 안나왔다. 기운이 부족한 모양이었다. 잠시 뒤에 그는 또 다시 입을 움직였다. 무슨 소리가 그의 입에서 나왔다.

"무얼?"

"보고 싶어요. 붉은 산이 - 그리고 흰 옷이!"

아아, 죽음에 임하여 그의 고국과 동포가 생각난 것이었다. 여는 힘있게 감았던 눈을 고즈너기 떴다. 그때에 '삶'의 눈도 번쩍 뜨이었다. 그는 손을 들려고 하였다. 그러나 이미 부러진 그의 손은 들리지 않았다. 그는 머리를 돌이키려 하였다. 그러나 그런 힘이 없었다.

그의 마지막 힘을 혀끝에 모아가지고 입을 열었다.

"선생님!"

"왜?"

"저것. 저것."

"무얼?"

"저기 붉은 산이. 그리고 흰 옷이. 선생님 저게 뭐예요!"

여는 돌아보았다. 그러나 거기는 황막한 만주의 벌판이 전개되어 있을 뿐이었다.

"선생님 노래를 불러주세요. 마지막 소원 – 노래를 해주세요. 동해물과 백두산이 마르고 닳도록."

여는 머리를 끄덕이고 눈을 감았다. 그리고 입을 열었다. 여의 입에서는 창가가 흘러나왔다.

여는 고즈너기 불렀다.

"동해물과 백두산이."

고즈너기 부르는 여의 창가 소리에 뒤에 둘러섰던 다른 사람의 입에서도 숭엄한 코러스는 울리어 나왔다.

무궁화 삼천리

화려 강산.

　광막한 겨울의 만주벌 한편 구석에서는 밥 버러지
익호의 죽음을 조상하는 숭엄한 노래가 차차 크게 엄숙
하게 울리었다. 그 가운데 익호의 몸은 점점 식어갔다.